개인의 거울

창비시선 423

개인의 거울

초판 1쇄 발행 / 2018년 7월 13일

지은이 / 김정환
펴낸이 / 강일우
책임편집 / 박주용
조판 / 박지현
펴낸곳 / (주)창비
등록 / 1986년 8월 5일 제85호
주소 / 10881 경기도 파주시 회동길 184
전화 / 031-955-3333
팩시밀리 / 영업 031-955-3399 편집 031-955-3400
홈페이지 / www.changbi.com
전자우편 / lit@changbi.com

ⓒ 김정환 2018
ISBN 978-89-364-2423-7 03810

개인의 거울

김정환 시집

창비

차
례

서(序)

내 안으로 계속 들어서는 나의 장면들 나를 벗고
장면을 벗고 '들'만 남는 깊이가 액체 투명보다 더
출렁이는 느낌.
이게 나라면 명징할 수밖에 없는 최후의 보루 혹은
무늬가 죽음일까
밑반찬일까, 생이 신(神)을 신이 죽음을 죽음이 다시
생을 거울 속 거리(距離) 없는 비유로 얼마나 닮아야
결과일 수 있을까.
검음에서 노랑의
자유.
성가신 신성, 절묘한 언밸런스도 벗기며
벗겨지는 시간.

제 1 부

인위적

가장 끔찍한 것이 죽음의 치정이다. 그래서
40년 뒤
명작이 있다.
여러겹 의미심장이 여러겹으로 이상하다.
죽음이 발굴하는 거지 생 아닌
생의 죽음을.
역사 아닌 역사의 죽음을. 육체 아닌
육체의 죽음을. 언어가 끝없이 (네?) 몸 향해
기울고, 언어 아닌 언어의 죽음을.
화 아니라 뿔 난 죽음이 자신의 죽음을.
정액도 궤도를 벗어난 영롱한 슬픔이다.
세고비아가 기타 이름이었나? 북한이
청소년이다. 인위적이라
난폭이 더 난해하지.
낙화생 기름, 사탕, 낙화생, 낙화생,
그게 일본말 땅콩이었나.
적을 바로 마주하고 있는 전방(前方),
그게 앞으로였고 미래였으니
어디까지 말랑말랑해지면 생이 불길(不吉)을

벗을 수 있냐고 묻는 것이 상처의 따스한
낙관이었나. 죽음의 치정에 맞서
지리멸렬해지는 육체의
지옥은 Innamorata, innamorate, 아름다움의
성욕이 그리 끈질길 수 없다. 그,
뼈대가
그리 노골적일 수 없다.
더 노골적인 것이 같이 있을 수 없는 것들의
병존이고, 그 옆에서 죽음과 음식의
그것은 오히려 유구의 자연이다. 자연의
자연이지. 모든 파란만장이 제 안에
암전(暗轉)을 키우며 보통명사에 달한다는 거.
흐린 열망 너머 명징한 아름다움의 현재로서 미래라
는 거.
이해 못하지, 죽음의 치정은 이옹의 혹은 리을의 투명
밖으로
설레는 파국, 내용이 다분한 창세기. 세상의 세상 밖으로
뒤흔들림도 없이, 위안의 뜻을 과격하게
가까스로 가누는 것이 죽음의

치정이라는 듯이,
'인위적',
기악과 연기의, 그 둘의
병존의.
운명도, 결국 우리 살 뜯어 먹고 산다는 듯이.
들숨 날숨만 남을 때까지 말이지.

눈 오는 날

이상하게 아름다운 근육이 있다.
요람 혼자 놀고 있다. 울지 않고.
생애 아닌 생의 한 장면을 아프게
도려낸 광경이 있다.
위에서 보면 세상의 수평 모두
흰 눈에 덮였을 것. 수직은 모든 검정이
권위를 잃고 축축하고 지저분하다.
차가운 잠 속 슬픈 해피엔드 같다. 섹스의
생애 아니라
평생 같다. 두려이 기대하는
표정이 없다. 1960년대 단체 관람 대한극장
「클레오파트라」 총천연색 시네마스코프,
50년 동안 빛바랜 교복이다.
목숨이 여전히 공평하지.
우리가 우리의 몸무게 100분의 1도 안되는
쥐의 출몰에
경악으로 나체화하는 한가지 이유. 아무리 재빠르다고
하지만 말이지.
오늘은 그것도 없다. 명랑한 눈발에 길고양이도

복도 쥐도 나를 피하지 않고
쥐가 고양이를 피하지 않을 것 같다.
가정적으로 명랑한 눈발에.
명랑의 노후와 여성의 이면(裏面)
전원의 착각, 당분간은
연민도 일종의 착각이다.

빈 화분

빈 화분이 이미 빈 화분 아니고 비로소 집이다,
식물의, 식물적인 기억의.
바라봄 없는 바라봄의 원형이 있다.
무엇이 원(圓)이고 어디가 원(原)?
질문도 그렇게 시끄러운 운명이 없고
운명도 그렇게 시끄러운 무늬가 없다.
도란도란이 두런두런으로 넘어가는 원형이다,
신대륙의. 공간이 죽음을
품기 위하여 펼쳐지려는 노력이었군.
시간이 저 혼자 간절하게 이어졌어.
그런 수긍도 이제 둘 다 먼저 그러지 않고
너무 많은 시간과 공간의
낭비도 고요한
신대륙이다, 빈 화분.

강남 스타일

종말이 지나갔다. 더 다행히
희극적으로 지나갔다. 그게 좀 슬프지만
미쳤지만, 종말 지나갔다.
강남의 전세계에서 사람들 말춤 추고 있다.
섹스가 가장 절묘한 직전으로 흐트러지는
춤, 여성의 뇌쇄(惱殺)도 종말 직후다.
그건 좀 아쉽지만 권위가 있지. 말의 육체는
육체성의 권위가 있다.
목관(木管)의 행복도 없다.
양차 세계대전 사이 파시즘 발흥 앞에
어제의 죽음과 장차의 죽음 사이
서늘한 여인 위해 목숨 걸고 부르던
죽은 이 노래 속 나의 죽음은 전세계
조회수가 기껏 1천 남짓이고 1930년대
머릿기름 바른 번식 욕망이 흥건하다.
어떤 지휘자는 위키피디아에도 나오지 않는다.
맞아. 거대한 비유는 거대한 기우였어.
수천만명 죽고 나서 코미디가 종말을 능가한다.
아직은 죽어본 적 없다는 거지.

지금

적그리스도가 착한 사람이다. 지금

없는 사람이 경악한다.

본토는 멀쩡하다. 성(聖), 그

호들갑이라니. 범죄 현장도 그런 범죄 현장이 없다.

수녀원이 뉘앙스와 냄새 사이 영원한 동안

그냥 전화번호 몇개 지우고. 그것도 그만두고

수음. 그렇게 통달해간다 음풍농월 아닌

진흙의 자연에.

없는 사람 얼마나 더 없어야 잊혀질 수 있나.

있는 사람 얼마나 더 있어야 사라질 수 있나.

수음만 경악한다.

가장 좋게 드러나는 배후다.

놀라지 않는 기적이다.

무슨 오이지처럼 붙어 있다 여섯이,

다섯 아니고, 모르는 사람 생일이.

귀신 부른다 마이너, 아웃사이더, 루저 들이

아직도 비명, 혹은 다른 세상의 활기로. 애꿎기는.

귀신 있다니 얼마나 다행인가.

우린 물속에 있다.

백년 동안 새로운 노년

간밤에 비가 많이 왔네 아내는 그러고,
별로 오지 않았는데, 나는 그런다.
아내는 잠을 잤고 나는 밤을 새웠다. 이제 내가 잘
차례지만 한 몸인 우리는 그리 아득할 수가 없다.
간밤에 비가 많이 왔네, 별로 오지 않았는데.
자다가 자기 전 위치로 깨어났다는 게 어떻게 가능할까?
내 앞에 마구 펼쳐진, 나라는 어설픈 물건,
느낌 없이 주먹과 눈물의
의미가 분명하고
의미는 죽음의 영롱이다.
폭염은 밀가루 반죽 냄새였다.
물 뿌린 신문지로 통유리 덕지덕지 덮으며
아내는 태풍 너머 보금자리에 있다.
이단의 거룩은 음악으로만 신비로울 수 있고
그밖은 참지 못하는
짐승이라는 생각. 사브레, 사브레. 네 몸의
냄새의 이름 생각나지 않는다.
정말이라는 말 말고는 생각나지 않는다. 도기 찻잔
두개가 있다. 잠복인 현대가 있다. 미래의 문법 아닌,

새로운 놀이가 있다. 수명의 반전 혹은 끌림이 있다.
제의 병풍이 있다. 고전적인 여관 주인이 있다.
악마는 망령도 명징하다. 세련이지. 악에는
우여곡절이 없고 모양으로는 선이 막장 드라마다.
나른한 나이의 계절에 오래된 것은
오래 견딘 것이라는 뜻의
예리한 비상(非常). 죽음은 미래의
관류(貫流), 그것 없이 정말로 뜯어보면
얼굴이 수습되지 않는다. 눈, 코, 귀, 입의
제자리가 없다. 죄를 짓다니, 죄씩이나…… 그렇게
웃기는 일도 없지, 정말. 육체의 맑음과 흐림, 근육은
해체 너머로 흔들리고 그것을 우리가
성(聖)이라 불렀었다. 침묵보다 더 낮게 가라앉는 소란의
상자다. 고층 아파트에서 가까운 하늘에 잠자리
비행기의
위험한 다정, 여러가지 새들의 여러가지
설거지. 소아성애보다 더 어린 소아가 내는
수수께끼, 가랑이 삼위(三位). 포식자와 사냥감 사이
흔들리는 연민의 흔들리는 방향 아니더라도

운명은 분명 늘 생명의 운명이었을 것.
누구나 요상한 소리를 내지. 이름에
묻어 있고 드물게 이름인 소리다.
뜻과 형식과 내용이 사이좋게 흐물흐물해지는
고무가 있다. 더 심한 숭늉이 있다.
의외로 앞선 것이 있다.
실처럼 가늘고 길어지는 몸과 생애
사이가 있다.
최대 혹은 미비가 있다. 유년과 동성의
창세기가 있다. 돌이켜보니
불안했었다는 창세기다.
저런, 쯧쯧, 이크…… 예의가 괄호를
사슴처럼 껑충 뛰어넘는
마구 생몰년이 있다.
혁명만 우울증이다.
다음 세대인 아테나한테 뒤통수를 호되게
얻어맞았기에 제우스가 아직도
꼰대 아닌 거, 아냐?

매미

집을 수 없었다 그 죽음의 제의, 생명의 극치, 배반당한
떨림. 밤에 못 미치는 수풀, 수풀에 못 미치는 아파트
정원, 동(棟)에 못 미치는 수위실, 실내에 못 미치는 복도,
생에 못 미치는 죽음의 혼동 속에
매미 한마리 빙빙 돌며 찌르르 찌르르 울어댔는데. 내
손으로 무엇을 들어올려줄 수 있나.
실내 생명의 소름이 돋는 실내 온 천지 무덤,
다른 매미들 생의 허망에 못 미쳐 더욱 시끄러운.
평생을 기다린 몸의
비경과 탄성의 장소가 바로 옆길로
영영 잘못되었으니 내 손으로
무엇을 집어올려 바로잡아줄 수 있나.
찌르르 찌르르 소리소리 너머로 커지며
벌써 세상이 따로따로 지고 있었다.
만질 수도 없지. 그것에 가닿는 순간
나로서는 생의 술래잡기가
매미로서는 죽음의 숨바꼭질을
훼방 놓는 셈, 아니 그전에 그 너머 속으로
빨려들 수 있다.

둘 다
생명이자 죽음이 끔찍할 수 있다.
20세기 피살 이후 나 같은 나이로
살아 있다는 것이 결핍이고
오래전 죽었다는 것이 영웅일 수 있다.
바로 옆 후유증이 기껏 좌파 고양이
판타지일 수 있다.
창밖에 비가 내렸었다. 인간이
행성의 원초 위에 볼록한 노안(老眼)
서툴러서 더 두텁고 깊은,
슬픔이 제격이라는 듯이.
그게 없다면 감쪽같은 애인 단명의
저녁 장례식도 비정규직이지.
숨은 노장(老莊)의 숨은 노장도
넷이면 막막한 거지 습성에 지나지 않는다.

소리 국밥

한그릇 뚝딱 해치우는 소리.
닥닥, 숟갈로 질그릇 바닥 긁는 소리
조선시대 장터 주모 주막까지 거슬러올라가는.
가다보면 버터 덩어리 크기가
부의 상징이었던 시절 웃풍, 세다.
나무의 음탕은 좀더 가야 하고 여전하고
남미의 미국이었던 아르헨티나도 있고
편제가 편재를 모르면 질투에 이르지.
육체가 순결하고
보이지 않는 참혹이 영혼이다.
곳곳에서 '사건'의 뉘앙스가 다르니까. Milano에서
Berlin과 New York에서 결국 벌레가
사람을 무서워해야 하는
경지까지만 우리가 간다는 거지.
소리로 같아지는. 상태까지만. 처음으로
노년을 보았다 창밖을 내다보는
아들의 등에서.
나치가 비장의 웅장으로 거덜 난 시신 같다.
등장인물이 없고 뒤섞임만 뒤섞인다.

요란이 그리 밋밋할 수가 없다, 꺾어 부르는
현대의 경건이
'늘' '비로소'지. 주스도 과하고, 아름다운 것은 셋,
누군가 뒤처졌다는 것이 누군가 먼저 살았다는
거거든. 뒤통수 예쁜 얘기가
아냐. 니체가 몰랐던 것은 정작 자신이 번역이라는
사실 아니었을까, 누군가의 혹은 무엇인가의?
그게 그림자이자 흔들림의 총체이자 정체다,
번역을 다른 어떤 말로 바꾸어도 번역인.
공포를 수락한 대신 우리가 얻은, 골격에 달하는.
그물의 매혹에서 매혹의 그물로 넘어가는
거울이 고전이다.
소리에서 출발하든 국밥에서 출발하든
소리 국밥까지
아름다움이 가장 복잡한 번역이다.

조토(1266~1337) 단테(1265~1321) 초상

이끼 내색도 없는 이끼 속살
정신이다,
성(聖)의 육(肉) 아닌 성육이다.
조토로 바라본다. 조토를 바라보는 것이
조토고, 그것이 단테다. 두 신세대,
음합(音合)의
각도인 색.
그보다 더 거대한 틈새. 그보다 더 영롱한
색 분해,
고통이 가장 영롱하다. 식민지도 역사의
장난감에 지나지 않는다. 이것이 어떻게
응집이지, 처음의?
울긋불긋도 없는 그 앞에서
신생
무궁무진한 입을 다문다.
겨울도 두께 없는 엄정이다.
보이는 것이 보여주는 것을 능가하는
도로(徒勞) 혹은 연주의 전집,
Christmas 터지는 금관악을

청초화하는

뒤늦은, 느낌표 없는 탄성, 아 우리가 약관 20에

1년 차로 만난 것이었다.

8백년 만에 들킨 생과 사랑과 죽음,

고대 그리스가 고색창연의

Sensation에 지나지 않는다. 불쌍도 해라

윌리엄 블레이크,

단테『신곡』삽화를 그려야 했다니.

와설(臥雪)

눈 녹아 얼어버린 날 밤 친구의 우스갯소리에
넋 놓고 나이 잊고 웃다가 발라당 뒤로 넘어졌다.
이틀을 꼬박 누워 끙끙대다가 끙끙대는 꿈속에
창제인쇄소 조판 교정지를 보았다. 내 첫 시집이었다.
교정 보지 않았다 반복이니까.
조태일 시인 보이지 않았다 죽었으니까.
꿈의 등이 차가웠다.
도래한 일제 근대의 세계문학 앞에서 누구는
자신의 시 속으로, 누구는 세계보다 좀더 서둘러
세계 속으로 자살했고
말썽 많은 아버지와 답답한 어머니의
전통은 이어진다.
사별 없으니 감동도 부검도 없고 나는 한 일 없이
욕하는 솜씨만 는 자식들에 속한다.
처음부터 끝까지
3등이지. 같은 소리를 해도 내게 산문은 뭔가 조금은
알겠는 것에 매달려보겠다는 소리고 시는 뭔가 잘
모르겠는 것에 맡겨보겠다는 소리다. 그러니까 산문이
사회주의고 시가 자본주의다. 체코 국가가

'내 집은 어디에'로 시작되고 내가 큰아버지의
악어를 찾아가는, 비현실적으로 가난한 꿈을 꾸고
갓김치의 갓이 겨자라는 사실에 신기해하고 재미가
유통이라는 의미의 산업구조에 절망하는 내게
Tango, Babi Yar가 있고
PYLE PLCDS2U1(+ PP 444 PREAMP),
무늬만 마호가니 고전인 오디오 모델 번호가 있다.
내게는 아니지만, 살아서 미친 년이 있고 미쳐서 사는
년이 있고 내게도 70년간 저작권이 있다.
폴란드인 영국도 프랑스인 독일도 뉴욕인 그리스도도
있다.
무언가를 남긴다는 게 정확히 다 까먹지 않고
남은 것을 준다는, 겨우 그 뜻이었다는 거. 정말
놀랍게도 동년배의 전설이 아니었다는 거.
이상하게 늙은 것은 늙은 게 이상한 것이
아니지. 필사적으로 가난하게 늙는 것이다. 그런 채로
흑백의 거인,
스탈린 장례식을 치러야 한다.
부고 없이, 묻어나는 그릇과 바늘의 시간으로.

청년들 목이 더 쉬기 전에, 과거로 가는 것이
미래로 가는 것인 비단실 마지막 한올이
끊어지기 전에. 새벽이 느리게, 더 느리게, 흐리게 더
흐리게 오는 것이 감동적일 때까지.

부재의 전집

사랑 노래에서 없는 사랑 노래까지 왔다. 나의
부재가 완강하다.
장례가 연주고 누구나 동시에 죽고 누구나
똑같은 수의를 입는다. 애창곡도
고향도 없다. 유난히 난폭했던 육체의
서열만 길길이 뛴다.
그때를 잠시 부재의 전집이라 부를 수도 있을 것이다.
세상보다 더 딱딱한 형식의 계단 없고, 쌓을 수
있는 것만 쌓이고 무너뜨릴 수 있는 것만 무너진다.
그렇게 자연이 죽고 순수한
인위가 일순 번쩍였다, 다시 파묻힌다. 이게 어디 울 일
인가,
하면서. 왜냐면 죽음이 늘 부재의 전집이다.
죽은 자에게도 그렇지만 산 자들만 생각한다. 우리의
생이
난폭하지는 않았더라도 몹시 요란 굉장하기는
했던 것 아닌지. 생명 자체의 파시즘에 생명이 너무
관대했던 것 아닌지. 그것을 자유라 명명했던 것 아닌지.
시시때때 죽음이 생명을 주눅 들게 하지 않은 뜻은

시시때때 개인이 개인의 생을 새롭게 지휘하라는 것
아닌지. 세상의 맨 처음으로 말이다.
최소한 피할 수 있는 이성의 정치 난폭과 육체의
성애 난폭을 그리고 희생 없는 연민의 참칭을
피하라고 말이다.
내가 무시한 자에게 내가 보이지 않는
1950년대 레퀴엠의 시간이다.
더 투명하게 없는 사랑 노래의 시간이다.
부재의 전집이 투명한 시간이다.

에피소드

그건
임신 미(美) 같아.
이미 떠나간 그녀, 아름다움의 슬픔이 상투적이기 전에
늦게 나왔던 사내 죽었고 일찍 나와 한참 누나였던
그녀 아직 살아 있다. 벌써부터

그건
드러난 쇄골의 치명적인 임신 미였던 것 같아.
음악의 음악사가 행사를 벗는
에피소드 같아.
그 옆에서 피아노 연주에 시대가 없다. 바이올린들이
시대를 찢는 시대다.
여자도 아줌마가 없다.
어린이 합창단 출신이 성악 아니라도
괴기를 좀체 벗지 못하는 데,

그건
아, 베니스 하면 찬탄이고 아, 러시아 하면 비탄이고 아,
불가리아 하면 새까만 절망이고 기타 등등인 사태를

끝내 수습하는 임신 미 같아.
씨와 상관없는,
임신 자체의 눈먼 오르간 연주 같아.
총아들의 10년 동안 화려하고 우울한 생일 파티가
끝날 때까지 그럴 것 같아.
박차고 나간 사내가 있지만 120년 동안
큰아버지로 불렸던 사내도 있지만

그건
잉태라는 말도 불결하지. 임신 미 같아. 8~9mm 몸길이
개구리, 뇌 없이 기억하는 점균류, 두 얼굴의 고양이,
빙산처럼 크고 온통 하얀 고래, 다리 750개 달린 노래
기*……
이것들보다 더한 것이 사생(私生)의 수태고지일망정.

어떻게 내가 끼어들 수 없는
임신 미 같아.

* 내셔널지오그래픽 선정 '2012년을 떠들썩하게 만든 기괴한 발
견 톱 10' 가운데. 나머지는 입으로 오줌 누는 자라, 갈기 지닌 암
사자, 생식기가 입 근처에 난 물고기, 귀두가 네개인 바늘두더지,
소프트볼만 한 파란색 황새치 눈알이다.

에피소드 2

세상은 열심히 환전(換錢) 중.

죽음은 영혼을 코카콜라처럼 관통한 육체.

심심한 미술관. (더 심심하지, 돈만 많은 미술관은)

Underberg. 43개국 약초 추출물을 섞어

파우스트 풍 한지로 미라 싸듯 싸고 녹색 상표로

아랫도리를 두른 알코올 겸 소화제 병이 있다.

박카스 병보다 날씬하고 더 세련된 중세다.

짙초록 클로스 양장을 감싼 옅초록 겉표지의

아래 5분의 1가량을 좌우로 약간씩 깎아 바이로이트

축제 공연 바그너 「파르지팔」 장면 흑백사진을 앉힌

*Reclams Opern-und Operettenführer*가 딱 휴대용 크기
지만

1천 몇백쪽에 원고지 6천매 넘게 담은,

손바닥으로 어쩔 수 없는 분량이다. 보려고 몇번

들고 다니다가 다음 몇번은 애당초 들고

다니기만 하려고 들고 다녔다. 지금은 그냥

곁에 두었을 뿐, 가끔 들춰보지도 않는다. 왜냐면

다 읽은 기분 이상이다.

다 읽으면 뭔가 아름다운 인생이 사라져

있을 것 같다. 자살한 여자 섹스턴(Anne Sexton, 1928~
74, 이름도

참)의 'Collected' 너머 'Complete' 시 전집은

다르지. 크고 두꺼운 책 표지에 당당하게 웅크린 전신
(全身)

사진의 골격 크고 발 크고 얼굴 시원시원한 그녀 영혼이,

나도 끔찍한 얘기지만 내 안에 구속된 것 같고 그게

그녀한테는 자살의 미완일 것 같다.

그녀를 읽어야 그녀가 자살을 완성하거나 그녀의 자살이

완성될 것 같다. 그래야 둘 다 최소한

운신(運身)이 편할 것이고.

대충 읽은 지금은 그녀가 죽음과의 불장난을 기다리
는 중.

우리 아버지는, 이름도 참, 하면서 말이지.

홀로 있으면 자생력이 떨어지는 것과 아무 상관 없는

그물의 관계가 있다.

옛 서울고 자리 역사박물관 노상에 진열된

전차는 서서 보면 오래전 역사지만 차 타고 가다 보면

저도 달린다. 느리지도 않고 나 중3 때 마지막 전차표 값

2원 50전이었다. 쌀값, 계란값, 역사 생활의
사실이 눈에 보이는 어느 것보다 더 쾌속이다.
우린 아직 패배 원인을 모르지. 교양의 파업이 연예를,
정치경제가 삼성 재벌을 이기지 못하는 마당,
앞장서 패배하는 것이 좌파인 줄 아는 이들도 있다.
간장이 근엄한, 온갖 맛의 검은 근원이고, 싸운다 내가
그 미래를 궁금해했던(그건 그 과거를 인정했던) 그나마
얼마 안되는 젊은것들이 저희끼리. 얼마 안 남은 나의
정치적 미래가 더 남루할 것이다. 제주도에 맹수가 없어
야생 노루가 농작물 피해를 일으킨다.
포획 대상이라는 소식. 화가 여운(1941~2013)이 갔다.
모든 생명에 대해 세상에서 가장 시끄럽게 울던
울음이 목탄, 새까맣게 영롱해진 울음이 비로소
제 눈물을 들여다본다. 세상이 잠시
울음으로 정지한다. 이크, 민쟁*이 이메일 왔다. 아이고.
그러셨구나. 아쉽지만 흑흑. 히히 날이 밝았어요. 슝!
……수소문해보도록 하겠사와요. 히히 회사가 워낙 커
서리.
    파주 날씨는 개판이네요. 히 쌤! 굿나잇이요~~^^

마지막은 시인 황인숙이 고양이들한테 보내는 이메일
인가?

죽음이 *Reclams Klavier-musik-führer* 1이나 2
들고 다닐 것이다. 잠 깨면서 닫히는
여백은 아니고 어떤 것은 분명 잠 깨면서 슬그머니
뒤로 물러나 닫히는데
그게 더 소중해 보이는 때가 있다. 그러면
분명도 분명하지 않게 슬그머니 사라지고 그게
짐승으로 느껴지는 때가 있다.

그 짐승 이 세상 그 무엇보다 더 편안한지 누가 다녀간 것
같은 것과 정반대 느낌. 이때 닫힘은 닫힘이지만 잠이
깨는
것과 정반대 느낌. 내 생이 두겹인 느낌이다. 여백이라면
여백을 심상찮은 여백으로 보이게 하는 여백이고, 신
성은
여백이 아니잖나?

어떤 약속도 하나, 내용 실종이 영롱하다. 슬그머니 뒤로
물러나 이어주는 뭔가가 있다. 아주 작은 것들이고
복수(複數)지만 깨어나면 나눌 수 없는 무언가가 있다.

수학여행의, 잠 덜 깬 시커먼 기차 엔진 소리,
잠 깨며 가까스로 빠져나왔다, 잠 밖으로. '새학기
첫날이 항상 두려웠'던 성태**야 '오늘처럼 의자에 앉는
첫 느낌이 추운 날'이 바로 너의 새로운 날이다.

* 시인 김민정 이메일 아호.
** 소설가 전성태.

물리

오,
사물의 '사' 빼고, 물질의 '질'을 뺀
물(物)이여 우선
내 안의 네가 나를 꽈악 붙들어다오. 네가
나에게 집착해다오, 내가 너에게 그러기 전에.
하프시코드, 쳄발로, 클라브생…… 저것들
뭐 하고 있는 거지 4백년 동안 징징대며?
너는 어휘에 나는 문법에 좀더 관심이 있는
합(合)이다.
주객 없이 향하며 흩어지려는 모든 것의
중심만 있는 합이다. 서정의
사정이랄까.
말〔言〕이 벌써 하고 있는, 식물도 도약하는
무늬.
문장은 죽음의 물리.
멀리 갈 수 없어 명사에 조금 못 미치는
그러므로 가까이 오라는
소리인 향(香)의
원근이 뚜렷하다. (그게 향響 아냐?) 향나무 향은

육(肉)의 죽음도 그렇게 부르지. 주전자가 가장
낡아서 가장 멀리 있는 나의 임신,
주전자
귀때가 있다.
4백년 전 제작연도가 지금까지 음악인
하프시코드, 쳄발로, 클라브생…… 아직까지
뭐 하고 있는 거지,
목소리 길길이 뛰는데
기악은 도대체? 꾸준히 이어간다 위태로운 생의
음표를. 연주자 없이 생이 뻗어나가고 목숨이
졸아든다. (흥신소가 興信所였어,
興信所야.) 생이 생의 토대를 예찬한다는 거
자기연민이지, 기껏해야 게으른. 중심이
중심으로 복잡할 수밖에 없는
서정의 사정이다.
눈사람 있다. 나의 죽음의 물리가 거기서 끝난다.
문장의 유튜브처럼. 죽음이 생의
자기비판이다.
내 이름으로는 검색에서 단독자로 뜨기

힘들어. 나의, 흥신소였어,
흥신소다, 버려진 세계의, 추운 개들의,
꿈의, 억울 없는
처음 등장의.

실존인물 실물크기 석상

뒤집음이다, 뒤집힘 아니라, 앞뒤, 위아래 아니라
안과 겉의, 시커먼, 너무나 창백한
실존인물 실물크기 석상.
명랑과 가장 먼 장난이지. 20년 전 포트폴리오보다
더 무참한. 그러므로 눈동자도 없이
안색도 없이
살아 있는 기억과 가장 먼
얼굴이다.
실존인물 실물크기 석상.
그러므로 '뒤집고 핥다'가 '속속들이 알다',
죽기 전에 한번 보고 싶다는 의미와 구분이 없다.
죽기 전에 한번 만지고 싶다는 의미와 구분이
가까스로 없다. 죽기 전에 한번 먹고 싶다는 의미와
구분은 있다. 유일하게
천박한 대목이다.
그것 말고는 죽었다는 의미와 구분이 없다. 그리고
언뜻언뜻
죽고 싶다는
실존인물 실물크기

석상이 있다.
장희빈은 끝까지 죽을 생각이 없다.
자진은 물론, 사약을 내려도 몇사발씩 땅에
내동댕이치고 표독이 이루 말할 수 없고
표독은 말할 것도 없다. 숙종,
자상도 하지. 환관들한테 문짝 떼어 장희빈
가슴 누르라 하고 (만지면 안되니까) 궁녀 시켜
손가락보다 더 굵은 작대기로 주리 틀듯 입 강제로
열게 하고 (이빨에 물리는 것도 안되나?) 그 안으로
기어이 사약 쏟아붓게 한다.
표독이 이루 말할 수 없고 표독은 말할 것도 없다.
어린애 우유 흘리는 것과 정반대로 장희빈
도리질 쳐 사약 마구 흘려도 토해내도
어린아이와 같이 흘리는 양 보기보다 훨씬 적다.
성은으로 사약 내린 전하께서는 얼마 안되어
회한의 눈물 흘리시면 된다.
다만
한참을. 그러고도 몇백년 더 지나놓고
내가 보니 죽음이 그 못지않게 자상하다는

실존인물 실물크기 석상이 있다.
내용이, 형식도 점점 비어가는 웃음의
전반(全般).
실존인물 실물크기 석상이 있다.
나의 먼 훗날도 먼 훗날의 먼 훗날도
저렇지는 않을 것이다. 실존인물 실물크기
석상이 이승에 있다.

제 2 부

역할 바꾸기

−1995년 슈투트가르트 독일성서회 판『루터 성경: 신약 및 시편』삽입
「루터의 생애와 그 영향권」

프롤로그
흑백 육체

기름때 묻은 16세기 삽화 유색(有色)과 미색
모조지 가라몬드 사이 참혹이 나의 사랑이고
책을 덮어도 날씬한 디자인을 벗어나는 나의
삽입이다. 공포와 멀리 떨어져 더 이상한 나의
책이고 너의 흑백 육체고 네 것도 내 것도 아닌
무덤이 있다. 사진은 두껍으로 과거의 현재.

서(序)
무덤

일찍 자고 일찍 일어나는 농부의 무덤인 것을
어떻게 알고 하얀 건반에 검은 건반이 눈 뜨고
반짝인다. 무덤이 딩동댈 때 너의 생 출렁이지.
너의 믿음이 나의 무덤이라서 다행이다. 내가
아직도 나의 이유를 모르는데 생애와 믿음이
하나일 수 없다는 믿음. 먼 옛날이 마구 치솟는
믿음이고 무덤이다. 노래는 이마에 물 한방울.

미지(未知)의 영원

출현이 끊듯 분명하고 우발인 듯 단도직입적으로
세계가 내게 안겼다. 흰색? 무슨…… 원색의, 일련?
일련인 총천연색만 보였다. 아직 세상 아니었다.
창세기 전이었다. 그 세계가 그리도 물적인 것을
만질수록 생생한 것을 나 서서히 알아갔다. 나의
출현도 미지의 영원이었다. 건물 피해라니 그게
뭐지? 세상 이전이 덜덜덜 떨면서.

공백의 믿음

수도원 건물이 façade 아니라 시든 자궁의 실내
아니라 복도다. 내 뒤에 번개, 침묵을 다시 비워
내는 말씀, 공백이 광야고 유혹이고 믿음이었다.
너무도 분명했다. 내용도 소리도 없는 나의 최초,
영영 돌이킬 수 없는 그것. 돌이킬 수 있더라도
돌이키고 싶지 않은 마음 한자락 보탠 것이 나의
전부다. 건물만 생활이다, 완고하게 슬픈 혈통의.
죽음에 대한 오해가 없다. 너무 가까이서 갑자기
죽은 친구도 복도에 숭숭 뚫린 타원의 주랑이다.
공백은 내 생의 장차로 더 깊어간다. 그게 필경
내 몫의 신성일 것. 두려움 속으로 더 두려워하는
침묵의, 또다른 건물. 존재에 대한 오해도 없다.
예수 너머 타자의 육화는 형상의 '치명적', 형상의
피살 혹은 자폭. 예수 너머에 육화할 공백이 없다.
공백의 논리는 말할 것도 없다.

빤한 운명

험악한 얼굴보다 마음이 더 험악해지는 사태의
시작을 나는 안다. 그 끝도 알고 시간의 마음이
형편없이 뒤틀린다. 세속의 명백과 싸우는 명백의
지리멸렬. 비극 없는 역동, 원초의 순수, 풍자의
뼈대가 sex였고 그 위에 생활의 제도가 완강한데
내게 명령은커녕 명명도 없다. 베드로도 바오로도
없고, 없는 것들이 벌써 반목의 반복이고 반복의
반목이다. 육화의 정반대. 법률과 소송은 총화의
끝없는 희석. 면죄부여 더 지독하게 코를 찌르라,
더 빤한 운명의 냄새로. 내게 필요한 것은 승리가
아니라 더 많은 상처. 찬송하라 로마, 갈라티아인,
정의 너머 연민과 연민 너머 자기연민을. 상처를
찔러다오 방랑의 누추, 집단, 육체의 신성이여.

이단 너머

화형 없이 이단이 이단 아닐 때까지 홀쭉하게
처형 없이 일그러진 예수 초상이 있다. 심마니
산삼 아니라 인삼 쓴맛의 예수 초상. 그 너머에
이단이 있고 차단이지만, 정신이 몸의 결과일 수밖에
없고 책상 서랍 비우면 낡은 시계도 시간의
총아지, 식사시간이 식사의 시간으로 된다. 오늘
또 어느 권력자와. 후대가 나를 용감한 사람으로
평할까봐 두렵다. 내 편이 모두 잘되고 내 편의
저의가 보이는 내 눈이 두렵다. 생전에 다 까먹지
않겠다는 생각도 과욕일까? 제도여 너의 필사적
가상(假想)인 세상을 벗고 네게 아무도 답하지
않는 일순을 맞으라. 생의 배후인 사물의 배후인
죽음의 윤곽을 끝까지 놓치지 말 것.

흐린 하늘

그렇게라도 육체가 출렁이고 거대한 벽에 부딪치고
그때부터 누군가가 누군가의 대신이다.
그러나 여기서 끝날 수가 없구나,
이성 너머 믿음도 이성의 일이다. 시작한 나여
용서해다오 시작하는 나를. 억수비 오는 날
음탕해지면 빵과 포도주 대신 옛날식
사탕이나 밀크캐러멜 먹는다.

농민과 전쟁, 그토록 반대인 것의 합이 죽음의
육화, 농민전쟁이다. 그것이 모든 것을 끝낼 수
있지만 산 자는 죽은 자의 비참만 보려 하지.
비참한 위안이고, 종교고 끝까지 말문을 잃지 않는
예술이 참혹에 참혹을 덧칠한다. 오 그러나 나,
참혹 신성의 자신(自身), 신 없는 성(聖)의
적나라. 오 죽음, 나의 죽음이여 너도 흑백과
일렬을 벗고 나의 고유명사 되어다오. 살아서
내 육신을 넘쳐다오. 끝까지 내 안에 낯선 채,
나를 능가하며 살아남지 않는
죽음도 이성의 일이다.

신은 신 규정의, 성은 성 규정 불가의 형상화라고
일신의 위협과 돌이킬 수 없는 것 둘 다 알았단들
한참 지나 길든 상태로 드러나는 목적은 천갈래
만갈래 갈라지다가 다른 목적을 한 1300년
갈라놓기 위해서만 모인 목적이다. 나는 한번
최근 시사로 단순명료해졌다. 그리 많은 인명이
끊겨 논밭에 시체 반 흉년 반인데 왜 아직도 성찬,
빵과 포도주, 육체적으로 예수의 몸과 피 아닌가?
믿음 너머는 멀쩡하게 흔들릴 수 있는 육체뿐이다.
나의 단순명료 깊지 않고 깊이의 통로고 깊어지지
않고 깊이의 결과고 정신 너머 육체의 목적이다.

상호의 실내

아내는 파계 수녀였으나 종교개혁과 상관이 없고
농민전쟁 한가운데 우리는 난파선을 타지 않았다.
결혼은 공포의 화석. 화석화에는 미치지 못한다.
말랑말랑해서 아니다. 통로가 두겹 연민이고 곁이
곁의 결핍을 낳고 우리 생에 숱한 생들의 온전한
세계들이 소요되었다면 걷잡을 수 없고 죽은 그들이
나라는 세계의 일부였으니 더욱 그렇다.
여보
당신이 여자라서 다행이고 내가 당신의 남편이라서
다행이다. 이따금씩 육체가 서로 오란씨 추억의
경악의 눈물에 달하였다. 오늘 성묘에서 맥락 없는
샛길이 아버지 단골 매운탕집 추억 불렀다. 연민,
조금 습관화했다. 조금 더 지나면 화석 풀린 공포가
위력을 잃은 뒤일 것이다. 매운탕집 그 시커멓고
허름한 헛간 건물이 얇은 눈 지붕 머리에 이고
흑백의 아담한 장중의 비율을 연출하는 동안.

소름

너의 위협 분명하지만 내가 불러내고 싶었던 그것
맞는가, 이 위기 정말 나의 것인가? 오 정치 탓을
하다니. 내가 아직 나의 진의를 모르고, 진의가
있을 수 있는지 있어야 하는 건지 모르고 어느새
앞장서 있다는 거. 육체가 육체라면 말은 말이고
말씀은 말씀이다. 음악은 음악이지. 이것을 꿰뚫는
그 무엇이 나를 몰아가는가. 육체가 알 수 없고
이성이 자신할 수 없다. 동맹은 나의 두드러기고
통일은 남의 소름. 나를 나이게 하는 나의 소름을
나 끼치고 싶으나 헌장이 완강하고 세속의 지명과
평안의 세세(細細)가 돌이킬 수 없는 수준. 아아
내가 말씀의 시대를 끝냈구나. 다시는 성찬이 예수
육체일 수 없을 것. 유적만 삼위일체일 것. 관광은
그 파탄의 파탄일 것. 말씀보다 더 중요한 말씀의
번역, 세상보다 더 중요한 세상의 번역, 육화가
있기 전에는.

강한 성(城)

늙은 나이는 해부다. 나이를 해부하고 나이 든
육신, 잘 안 들리는 청각과 잘 안 보이는 시각을
해부한다. 목욕은 어중간한 삼매(三昧). 트림은
굉장한 구원이지. 만년이 부산했으므로 나의 죽음이
내가 살던 실내의 해부일 수밖에 없겠으나 더 나아가
죽음이 죽기 전 그렇게 마음먹는 자에게 전율일 수밖에
없을 수 없을까. 끝없이 너의 일에 집착하라
해부여. 내가 원하는 것은 영혼 아니라 강한 성.
전율의 번역으로서 죽음이다.

결(結)
무덤 2

엄동설한 잔디 옷에 쌓인 눈 남향으로 반씩 녹은
무덤들의 눈부신 일렬. 다 살고 나서 보기에도
아름다운 것은 그것뿐이다. 사실은 거의 유일하게
실패하지 않은 형상화. 그 안에 아무것도 없는
그 바깥에서도 모든 것이 새롭다는 뜻. 그 안에
시간이 없는 그 바깥에서도 위험할 게 없다는.
안에 바깥에 혹시 공간도 없는 듯 주객(主客)은
아예 없었던 개념인 듯. 쨍쨍한 햇살로 은총이
완성된다, 얼음 차갑게. 아무렴 죽음은 캐치워드,
진부할 수 없으므로 게으르거나 부도덕할 수 없는
유일한 기득권이다. 기득권자 없는 기득권.

하(下)
서문과 번역

서(序)
말씀

옛날의 구체와 오늘의 추상 사이 파르르 떠는 너의
매일의 새로움을 또다른 몸으로 펼치는 내 사랑의
밀접과 혹사, 혹시나 영혼이 끼어드는 일 없도록.
암전(暗轉)도 영혼의 일이니 너를 사랑하고 사랑하고
사랑하는 새로움이 말씀의 젖무덤. 육체 이야기 너머
단어인 젖무덤 말씀이 태초여서 다름 아닌 육체가
가장 명료한 때. 다름 아닌 너의 몸의 응집이 너를
능가할 때.

새롭다고 하지 않았으면 그게 뭔지 우리가 몰랐으니
말씀이 먼저고 뜻이 다음이라는 뜻이자 이야기. 수
천년 동안 갈수록 순서가 더 분명해지는 그 분명의
뜻이 진행 중. 미래로 열린 출현, 예수의, 기적,
비참의, 수습, 생애의. 그것들 재현되지 않는다.
그것들, 미래고 이야기가 가장 기적적인 기적이다.

전형에 생애가 없고 생애가 전형 안에서 바깥으로
이어진다. 생애 없이도 전형의 안팎이 있지만 생애
없이는 안팎의 의미가 없다. 서한들은 빛바래기 위해

있고 빛바램의 의미를 위해서도 있는 신성 낙엽.
가장 명료한 미래가 죽음이라는 듯이. 로마, 히브리
사람들 죽음의 고유명사로 빛바랜다. 죽음의 생애는
빛바래지 않는다는 듯이.

형상의 치명

믿음으로, 위엄의 아버지에서 십자가 고난 아들로의
형상화보다 더 형상에 치명적일 수는 없다. 교회,
창에 찔린 옆구리에서 흐르는 피가 비탄의 어머니로
이어지는 그 형상화보다 더 형상에 치명적일 수는
없다. 믿음 안에 이미 죽음 있어 이 치명 한없이
넓어지고 깊어지고 마침내 믿음이 무한수 바깥 수의
죽음에 이른다. 생애의 미래인 치명이다. 요한아,
요한. 너의 미술 과도하여 죽음이 닫힌 불구였다.
믿음은 눈에 보이는 것 믿지 않는다. 너의 형상은
가장 세속적인 도로(徒勞). 모든 종교가 끝내
믿음으로 돌아갈 수 없는 까닭. 믿음은, 미래다.

참사

창문 너머 그들이 죽어간다. 하나씩 수백명이 여러
달 여러해에 걸쳐 순식간에. 내가 있다 예수 십자가
처형과 최후심판의 날 현장에, 실황에 그 둘 원래
하나였다,이다. 처형이 심판이고 가책이 대속이다.
창세가 최후였다,이다.

무용의 군집

우매까지 용서하기 위한 배경으로 오래전부터
더 우매한 무용의 군집이 있다. 가사(歌詞) 각자
무용 개별 황홀하지만 각자의 개별 더욱 그러하지만
몇번 거듭되면 포기 아니라 자발의 기쁨으로 우매를
받아들이고 우매로 나아가는, 찬칭 아니라 슬픔이
추할 때까지 구현하는, 무용의 군집이 있다. 너무
우매가 지독하여 자신의 우매 아닌 남의 그것을
위한 것이 분명한 무용의 군집이 있다. 아는 것이
아니다. 그 자신은 황홀의 군집이 분명한 무용의
군집이 있다. 가장 영롱한 것은 사실 피 흘리는
구멍의 영롱이다, 생명 혼탁의 피 흘리는 성배와
우매. 그후를 보아야 한다. 기름진 오르간의 광대한
펼쳐짐이 가난한 피아노 청년과 만년의 전곡 연주
해설로 잦아드는.

생의 번역

말씀이야말로 번역의 육화. 출몰도 야생도 돌이킬 수
없다. 끔찍한 것은 끔찍할 수밖에 없었던 것이라는 말
그리 감동적일 수가 없다. 거리의 중세 지옥도도
낙원의 지도도 그 혼돈도 돌이킬 수 없고 말씀의
번역이 치열하게 정교할 수밖에 없다. 오 신, 절정의
속임수였던 무지개, 일곱가지 죽을 죄 색(色).
소리가 소리와 그림이 그림과 번역이 번역과 어긋나는
만큼만 세상이 제 몸을 열어 보인다. 생도
번역 아닌 것 없고 매 순간이 또한 번역의 육화고
생의 번역이 생애고, 생애가 절벽이라는 비유가
번역 없이 오를 수 없는 계(誡)의 계단이다.

출애급 창세기

날이 풀린다. 눈 녹은 광경 아직은 볼만하다.
죽음이 생의 떨림이라는 광경의 말씀. 제사 아니고
안 보이지만 기척이 분명한 외할아버지 잔칫상들이
정말 상다리 휘게 차려지는 꿈을 꾼다. 이 시간만은
모두 착하게 살 수 있지. 손님들 속속 도착 중이고
부모님 워낙 먼 데서 오고 있고 무슨 걱정? 사고라는
말 사전에 없다. 제일 나중 돌아간 이모가
제일 먼저 일어나 어린 내게 양말 신겨준다. 손
아니지. 따뜻한 잠자리의 체온이었다. 죽음이 가장
편안한 생의 떨림이라니? 경탄의 물음표 두개,
과했나? 이런…… 길을 내며 있지 않고 길을 내기 위해
있던 길이 어느새 천리만리 길이고 갑자기 포위된
느낌. 길이 또다시 길을 빠져나간다. 길이여 그
어느새의 갑자기, 언어의 의상만 남기고 벗으라
모든 것을. 아무래도 거기까지만 육화 있었다.
태초에 말씀 위해 언어 있지 않았고 거꾸로였다.
거기까지 말씀 있었고 아무래도 거기까지만 떨리는
말씀 있었다. 떨림의 공포 아니라 육체 입기 위해
출애급이 창세기를 입는 날이 풀린다. 부디 지워다오,

나의 번역에서 그 모든 육화 아닌 형상을. 독일어를
독일어로, 영어를 영어로, 모국어를 모국어로,
죽음을 죽음의 언어로 지워다오.

무상(無常)의 역정

12년 동안 무상과 씨름하며 무상의 역정에 가닿기.
사건이 장엄할수록 무상이 깊어지는 육체의 역정을
느끼기. 악으로 오해되는 사태까지 역정이 깊어지는
구약을 육체의 신약으로, 정신의 미래로 받아들이기,
구약을 궁극의 무상으로 신약을 역정의 역정으로.

개다리 책상 하나. 흑백에 가까운 크지 않은 예수
초상 아래 아내와 나의 천연에 가까운 더 작은 초상
하나씩. 허물어진 고대를 닮은 벽. 공간은 내 몸에
꽉 끼어 말씀의 역정이 세계의 공간을 능가하는 접점.
크라나흐야, 처참의 유화로 나를 연민한 네 노고의
괴기를 어이하리. 말씀의 그림 앞에 나의 비탄이,
말씀의 음악 앞에 나의 성가가 벌써 모양만 남아
끝까지 시든 생식기 바로 그것인데. 육체는 무상의
역정이 그렇게도 깊어가는가, 물을 수 있겠으나……

언어가 세상을 그리지. 감열지에 말씀이 드러나는
방식. 번역이 다시 언어의 방식을 그린다. 그러나
번역의 방식은 번역보다 늘 한발짝 앞서가

있고, 간다. 시간보다 더 중요하고 시간보다 더
명료하게. 아아 나여, 나를 보는가. 개인의 거울을
보는가? 미래의 등식이 있다. 번역의 경지다.

문법의 의상

마침내 아버지 없는 아들의 십자가 없는 형상의
치명을 명료화한 복음이다. 문법이 벗는다 마지막
의상을 벗는다. 처형의 육화가 은총일 때까지.
은총의 육화가 번역인 것이 눈에 보이고 귀에 들린다.
만져지고, 만져짐이 그림이고 음악이다. 나여 나를
느끼는가, 나의 전체 너머 총체 총체 너머 복음인
말씀을? 노래 가사가 선율 속으로 사라져 그 의미가
온전히 선율인 노래처럼. 그림이 그림 속으로……

어휘와 문장

모든 말씀이 앞서가며 펼쳐지고 내게 남은 어휘는
명사 세개. 문장은 단 하나다. '믿음은 내가 살아
있다는 은총과 위로'…… 내게 이보다 더한 뒷받침 없다.
이보다 더한 배꼽의 눈과 반복 순환의 심화 확산
없다. 내게 기적은 모든 어휘와 문장이 이것으로
비롯되고 번역되고 역사의 몸을 입는 기적이다.
눈물은 배고파 울던 어제의 느낌표. 모든 과거와
현재가, 아버지와 아들이, 삶과 죽음의 전언과
현상과 사물들이 모두 제자리로 돌아간다. 꿈속에
모든 것이 그냥 남겨지는 것처럼.

과거와 현재

다시 방이다. 너 혼자 있는 수도원의 드넓은 홀.
모든 강의가 끝났다. 드넓은 고독의 좁은 방이다.
가슴에 육박한다는 건 그런 뜻이다. 현재가 과거의
이면인 구조도 죽음과 삶 너머 분명하다. 기억에
남는다는 건 그런 뜻이지. 한없이 늘어나는 문장의
문장, 한없이 늘어나는 문장이라는 문장. 벽으로
텅 빈 공간의 소리가 문장이 더 복잡한 문장으로
명료해지는 문장의 방점 너머. 기억에 남고
가슴에 육박한다는 건 그런 뜻이다.

결(結)
말씀 2

남아 있는 것이 늘 생이고 생이 늘 생명으로 타고
세례가 늘 물의 세례인 그것을 우리가 참회라 부르는
순간이 성체 성찬이고 문장의 문장이므로 벌써 생애가
생애 너머라는 성찬이고 생애 너머 성찬이다. 생명의
약동 말고는 아무도 모르게 자명한 내일의 설날 떡국을
먹겠다. 백발, 이제 오해를 두려워하기는커녕
설레는 마음으로 육체적으로 영양 섭취라는 말, 눈물
핑 돌 때까지.

에필로그
육체의 흑백

모든 것의 시작이 구전(口傳)이고 가장 마지막에
남는 것은 흑백의 육체 아니라 육체의 흑백. 그것을
우리가 시간과 공간의 소리인 영원이라 부르지만
생명의 명명 바깥에서 너무 자명한 영원이고 깊은 밤
새삼 가까이 있는 너의 체취로 눈이 내리는 고요한
밤이다. 모든 것이 새로 시작된다. 모든 것은 새로
시작된다. 내가 본 것은 그 두 문장 사이였으므로
보았다는 것은 흔들렸다는 것이었다. 궁극의 새로움이여
네게 내 육체의 흑백을 보태다오. 너의 뼈대를
보겠다. 내게 음악은 생의 거울, 죽음은 윤곽이다.

육체 누대의 연대

태풍이 늘 집안의 태풍인 나이다. 휘몰아치는 저
비바람 아니고 이 비바람, 창문 닫아야 막나 양쪽
열어 집안 내주고 가운데 유리창 네겹으로 모아야
박살 안 나는 거 아냐? 몸 안이 따로 기분 좋은 기계,
어디가 고장인지 전에 없이 분명하다. 바야흐로
육체가 육체적. 막회는 별로야. 기분 좋게 고장난
육체가 곱게 망가진 육체를 먹어야지. 그래서 포항
막회집에 막회 말고 오래된 벗들 외에 백숙 문어
다리, 그 굵은 것을 그리 곱게 썰어낸 안주가 있고,
그제야 아직 1980년대인 출판사가 내 나이만큼 오랜
소극장이. 죽음으로 엄숙하지 않고 생으로 초라한
동네 영안실이 기계의 고장을 때우는 게 보인다.
사랑과 섹스의 비빔밥을 조금씩, 소꿉장난처럼
아주 쬐끔씩 깨작대는 나이, 노래를 아주 잘하는,
특히 옛 이탈리아 테너들 동영상 보면 어떤 때는
가수가 딴생각하고 다른 무엇이 대신 불러주는
것 같다. 평소 잘 부르는 습관이 굳어 그냥 무의식
적으로 넘어가는 것이 아니다. 절규인 소리가,
소리인 절규가 의미를 뛰쳐나오는 히브리의 날,

신앙이 계율을 뛰쳐나오지만 그것도 아니다. 악마,
혹은 그것이 한껏 유순해진 죽음이라고 할 수밖에
없는 그것의 목소리 아니라, 그게 저리 멋있었나?
묻는 목소리다. 1차보다 더 명백한 제2차 세계
대전 직전 영미의 His Master's Voice Victor를 베낀
일제 Victor Record Library for Every Home 디자인이
더 작고 작은 만큼 치명적으로 예쁜 것처럼. 괜히
옛날의 국민학교 뒷담길처럼. 전설이 있었으나,
전설의 향연 또한 있었나? 신화는 신화의 전성기가
신화인데, 신화의 전성기를 찾겠다? 생애에 달하는
노래가, 있기는 있다고? 작은 집과 작은 집 사이 좁은
골목 무엇이 있어야 견딜 수 있을 것은 담도 없이,
그래서 더 좁게 저렇게 다정하다고? 점심은 공손한
후배가 산더미 반찬 안겼고 저녁은 맥주 맛 좋은 것
말고는 이상하게 2세기 전 영국이 날씬한 맥줏집.
그대는 싱거운 웃음을 늙은이한테 싱그럽게 웃고
내가 목하, 성(性)을 극복한 연애, 열애 중. 전망이
너무 거대해서 우리가 실패한 게 아냐, 시야가 썩
좁아서 문제였지. 지치거든. 비아냥은 더. 누대가

시간이고 연대가 희망이지만 유튜브 광고 5초에
건너뛰라는데 계속 보게 되더라. 복권된 전지현?
아니고 광고, 줄거리가 끝내주더라니까? 집에서,
여름 피서로 틈틈이, Ancient Grains Cracker에다
각설탕 크기 버터 조각 얹어 씹는다. 버터도 고대
로마 병사 전투식량이었나? 작곡의 악보는 아무
것도 아니지. 악보가 너무 명백히 드러내는 방식
으로 감추는 소리의, 까마득한 단속보다 더 깊은
점멸을 선율로 잇는 것부터가 연주자 일. 작곡도
선율에 사람을 입히는 연주자 일. 개인의 집단을
입히는 지휘자 일이고 집단의 자아를 입히는 귀,
듣는, 종합일수록 유일 단독인 귀의 일이다. 소리
를 끄집어내는 일. 반복과 도로(徒勞)와 제도와
위안을 아주 살짝 어긋나므로 다정보다 살짝 덜
인간적으로, 감동적인, 인격보다 더 무참한 공격
(公格)이, 좋아하는 이유보다 더 좋아해야 하는
까닭이 더 먼저 흐느끼는, 확장하는 소리 말이다.
대중 없는 대중의 신화, 보이는 것의, 너무 화려한
자폭의 전화(轉化)인. 세월이 흐르지 않고 다만

어긋난 것이라는 듯이. 누이의 천지창조인 듯이.
내 몸이 서러울 건 없다. 눈 귀 멀고 정신 꺼진 후
목숨이 다하는 순간에도 우리가 다 알지 못하는
몸이 99% 이상 기능할 것. 문제는 그 망할 디지털,
마지막으로 들켰다는 거. 대신 쪽팔려줄 영혼도
없는데 말이지. 그래서 씹을 수밖에 없겠지, 육체가
고대 곡물 크래커를. 정결은 육체가 가장 홧홧
했다는 거 아닌가, 육욕이 뭔지 모를 정도로?
색과 소리 말고 누구(누구, 맞지)한테서 육체가
육욕의, 그리고 욕망의 언어를 배웠겠냐고? 성
(聖)이 끝까지 애매한 것은 그 과정의 알리바이
라서 아니라 스스로 이해할 수 없는 복사뼈 아래
복사뼈보다 조금 더 딱딱한 근육통 때문인 것을.
사실 그게 모든 생의 생생이 성에서 비롯된다는
뜻이지만 성은 제 사전에 도무지 이해라는 말이
없어서 성이고, 쩛고 까불던 언어가 스스로 감동
너머 슬픔에 달하는 순간은 사실 성이 제 사전을
아예 덮어버리고 비로소 흐느끼는 것이 정결한
육체인 순간이다. 이봐, 죽는 건 바로 그 육체가

죽는다는 거야…… 까불지 말라는 듯이 육체가
정신에게 말한다, 너는 결코 깨끗해질 수 없는
운명이라는 듯이. 육체가 스스로 그러는지도
모르고 영혼을 깨끗이 한다는 듯이. 역사, 자꾸
사각형 되려는 시간이고 사각형, 뭐가 뭔지도
잘 모르고 자꾸가 자꾸 걸린다. 슬하게 육체가
육체적으로 죽어도 그게 문제다. 너무 서둘러
이성이 이성을 명명한 것 아냐, 괴기의 해부가
해부의 괴기 되는 것을 육식 이전에 알았을걸?
광란의 버릇을 우리가 웃음이라고 명명한 건
너무 늦은 감이 있다. 쾌감이 원래 음흉한데다
음흉한 웃음이 음흉의 뒤늦은 핑계다. 그것은
뒤늦게 제 주소를 찾아 가슴을 치는 감동적인
노래의 감동적인 뒤늦음으로밖에는 무마가
안되지. 이성이 순순히 물러나 좀 모던해지는,
물러나는 것이 생산력에서 생산관계로 물러나는
것인. 더이상 물러날 곳이 없는 것은 물론
벽을 제 것으로 만들고 죽음 속으로 물러나는
등의 언어를 몰라서, 나이를 먹으며 등이 굽는

대신 등의 언어가 이야기의 기념비에 달하는
것을 몰라서 영혼이 흘리는 눈물을 우리 슬픔
이라 부르고 그 호명을 육체가 품는 그 '폭발적'
을 우리가 희망이라 부르고 그 호명을 영혼이
다시 제 곁에 못생긴 냄새나는 누이로 누이고
그밖은 모든 게 모든 것의 아름답다는 호명일
때. 너무 지독한 냄새를 지우려고 비극이 거울
표면으로 얕아지는 것이 곧 깊어지는 것일 때
끝없이 닳아 없어지는 것이 끝없이 까발려질
때 다시 품으면 젊음이 체로 걸리듯 사라질 것.
추억이 모래사장도 딛지 않고 복사뼈 아래
무게 없는 무늬고 발목 잘리면 스스로 누군지
모르고 모래에 바람의 오르간 연주 새길 것.
물러나 물러나…… 물러나며 물러나…… 마침내
바다가 생명 것이고 고대가 인간 것 아니고
죽음 것이라는 소리. 마지막으로 조심해야
한다 마지막 파시즘을. 무늬로 무게를 빚는
시늉의 연금술사들을. 아름다움이 최후의
만찬 아니라 독배(毒杯)다. 십자가 처형도 좀

긴 이야기지. 음악 아니라 그 단어 딱 하나를 온갖 형형색색으로 듣는다. 미술 아니라 그 단어 딱 하나를 온갖 조성 선율로 본다. 본다 듣는다에서 듣는다 본다로 물러 나아간다. 의외로, 의외가 언제나 생명에서 죽음으로 아니라, 죽음에서 생명으로 그것 아냐? 절망, 화려하다, 절망에 대해서만. 쾌락이 농익어 별들도 흐물흐물해지는 밤. 대체 언제 어디 없는 죽음이 언제 어디까지 권위를 발하게 두겠냐며 연주가 연주를 잇고, 작곡이 제 죽음을 죽는다. 생이 스스로 가능한 최대로 자연스러운 발성의 연결일 수밖에 없고 균열, 웃음이 쉼표일 수밖에 없는 무차별 느낌표의 합법(合法)을 경계하라는 거다. 자연스러움이 자연보다 더 눈먼 집단이고 그, 슬픔에 무척 야한 데가 있거든, 분내 날 정도로. 그러므로 괴기를 계단 쌓다 계단이 괴기스러울망정 끝까지 괴기의 계단 아니라 괴기를 쌓아야 한다. 현란으로밖에 치장될 수 없고 잊혀질

밖에 없는 것을 신기해하는 방식으로라도
백년 전 따스함의, 그러므로 백년 후 빙하가
다 녹아내리는 장구한 것에 이유가 없는 그
원인을 찾지 못하고, 찾지 않고, 우아가 잡다
(雜多)의, 파멸이 전망의 형식일지라도. 혼자
애쓰다 결국 마귀할망구로 동화에 등장할
밖에 없게 된 기품이, 방치에 실패하여 쭈글
쭈글한 언어가 있다. 어제와 내일이 똑같아
오늘이 없는 머릿기름 냄새가 있다. 역사나
빈부와 상관없는 것이, 백발 흑발 위에 잘도
얹혀 있더니 발음되자마자, 호명도 하기 전
분리되더군, 머리와 늑백 모두에서. 제 소속
원래 다른 곳이라는 듯이. 색깔이 없었으니
이제 냄새에 어제도 내일도 역사도 빈부도
없다는 듯이. 죽음일 작곡이 아직은 어리고
생략이 빠르고 계승일 연주가 아직 뒷수습
어정쩡히 낡았고, 그래서 우리가 간혹 개인
의 낡음에도 집단의 미래에도 끌리고 지긋
지긋하게 낡은 '도'가 이어지면 낡아간다는

듯이. 그러나 연주가 들리면 연주가 오래는
걸리지 않을 것이고 그래서 연주고 그래서
바람의 작곡보다 인간의 연주가 더 먼저고
아니라면 희망 내용을 바람 절규가 채울 리
없고 바람이 그때 그 바람이다. 그때 바깥
에서 바깥 피비린내 생생하고 그래서 불던
바람이다. 어처구니없이 현대적인 반복의
물화(物化)고 이보다 더 철저한 육맹(肉盲)
이 없다. 왜냐면 이미 죽은 사람들 말이 없고,
살아남은 사람들, 죽은 자들 육체가 어떻게
죽어갔는지 알고 싶어하지 않고 죽어가는
사람들이 알지만 아무도 묻지 않고 죽음을
디지털화하기 전에 디지털이 죽음화한다.
영혼은 고독의 공포, 죽음을 최초 인식한
네안데르탈인 최초 임종의. 그 많은 육체와
육체의 사랑을 지불하고 이제 개인의 자살
폭탄 내복을 입고 영혼의 바람이 비유하기
전에 비유로만 분다. 허수아비 비유도 없는
거리에 오 육체 누대의 연대(連帶), 그러나

좌초를 수습하지 말라, 오히려 지리멸렬한
시간의 누더기 수의(壽衣)를 벗고, 헐벗음
으로 가여운 탕자, 공포의 영혼을 받으라.
부르르 떨렸던 것도 치떨렸던 것도 영혼이
아니니 불안했던 것도 육체가 영혼을 대신
했던 것이다. 영혼은 영혼의 육화(肉化)가
불안했으나 사실은 영혼이 영혼의 육화
아니었는가. 오해한 거다, 수난의 육체보다
더 경악한 영혼이 제 육화를 의상으로. 생체
실험으로 육체가 어떻게 홀로 죽어가는지
모르는 영혼이. 육체가 불안해하지 않는다,
불안이다. 육체가 경악치 않는다, 경악이고
공포다. 육체가 스스로 그 사실 모르고, 이제
그것을 느끼는 영혼이 육체 속으로 자신을
허락한다. 그리고 비로소, 영혼이 허락하지
않는다, 허락이다. 불안한 실내악이 불안한
실내에서 불안으로 아름다움의, 독배의
목숨을 늘이고 피살과 자살, 개중에 요절이
드문드문해질수록 언어의 거장이나 대가

같다. 눈먼 시간이 그냥 여기서 저기까지
금을 긋는 먼 훗날이다. 모든 통계가, 죽음의
그것까지 골고루 미래 독재를 벗는다. 가슴
이, 될수록 많이 아프기를. 떠나는 나 아니라
나와 함께 사라질 나의 세계의 후대 위하여.
문상에 조화 없고 개인과 집단 이름의 띠만
남아 전도된 흑백으로 꽃들, 생의 천연 일색
모양이 이름인 유튜브 속으로 늦어도 1930
년대생들이 아직 왕성하게 소장 중인 원통
녹음 테너 육성을 올린다. 그 테너 탄생년이
최대 백년 앞이고 그 노래 탄생년이 백년, 또
백년, 한없이 백년 앞이다. 음악 감상의 사방
벽을 SP판 쌓아 채워도 장당 한곡씩이니 CD
백장 분량을 넘기 힘들다. 이 늙은 마니아들
아주 오래전부터 혹시 에디슨 발명 전부터
유튜브 속에서 유튜브 속으로 음악
올리는 것 같다.

제 3 부

풍경

안개가 제 몸을 흩뜨리면서
눈에 안 보이는 것들을
보일락 말락
뭉치지. 검은 나뭇가지를
좀더 검은 자연으로. 진흙
자동차 바퀴를 좀더
인적 짙은 도시로. 편재,
병발(竝發),
거기까지다. 더이상
보지 마라.
보일락 말락
안개가 제 몸을 흩뜨리면서
모든 것을 흩뜨리고
어느새 안개 속이다.
나도 축축한
풍경만 남는다.

새

나보다 더
강력한 근육이다.
나보다 더
이유가 분명한 부리다.
나보다 더
목적이 뚜렷한 시선이다.
나보다 더
불길한 운명이다.
나보다 더
엄혹한 중력이다.
그래서 어디에나 있는
새.
나
몸무게 없다.
연민 없이는.
한 천년 전부터.

유리

사탕처럼 달기 위하여
몸이 너를 향해 한없이 줄어든다.
식물이 이렇게 사랑할 것이다.
당분이 다 빠져나간 것을
본 후에도 사랑은 멈추지 않는다.
화가들이 이렇게 사랑할 것이다.
색 쓰고 색을 쓰며 온몸이 투명한 유리의
타자로 될 때까지 사랑은 계속된다.
시인들이 이렇게 사랑할 것이다.
한행보다 더 가는 몸의 마지막 남은
성가신 의미가
유리로 될 때까지.
누구든 무엇이든 사랑의
종말이 음악을 뺀 모든 것이다. 더 섬세하게
현악과 관악을 제외한.
성악과 타악이 좀 야하고 좀 무관하다, 유리의
통과와. 그
만리장성이라는 것이.

환상적인 몸

내가 아는 가장 우스꽝스러운 것
가운데 하나가 백지다.
백지가 공간 아니라 물질이다.
씻김과 무관해 보인다.
아무것도 씌어지지 않은, 혹시
슬픔에 대해 백지 자신이 그리 무심할 수가 없다.
아무것도 씌어질 수 없는, 혹시 절망에 대해서도
그리 느긋할 수가 없다.
닥나무도 아닌 식물성 섬유 결이 인간 표정을
인간 표정이 그 결을 닮는 과정이 보이지 않는
과정의 표정이 무수하다.
비극과 희극 사이 백지 한장 차이라는 것보다 더
문명이 운명인 인간과 운명이 문명인 자연 사이
백지 한장이라는 거다.
너무 멀쩡해서 더욱 우스꽝스러운 우스꽝이다.
뭔가 버티는, 완강한 것들만 슬픔이라는 거지.
모든 색깔의 합이 검정이라는
소리까지 우스꽝스럽다, 백지에서.
그 우스꽝의 국적을 우리가 고전이라고 부른다.

환상적인 몸이라고도 부른다.

정체

톡 쏘는 사과 맛이 사과로서 자신의
내부의 궁극, 씨앗을 향한 것이 아닐지 모른다.
모르지, 사과가 설명할 리 없고 한단들 우리가 알아들을
리 없다.
사과는 의도가 자신의 몸이고 몸이 방향 아니다.
아무래도 사과로서
톡 쏘는 사과 맛은 씨앗을 향한 것이 아닐 것이다.
냉장고에서 익어가는 사과가 제 생명의
미래를 향해 톡 쏘는 맛은 아닐 것이다.
인간 혓바닥을 톡 쏘게 길들여진 사과가 자기도
모르게 그 너머로 얼씨구나 쏘는 맛이고 혹시
사과로서는, 청양고추보다 더 매울 것이다.
그리고 혹시 더 끙끙 앓으며 너무 늦게, 슬픈 맛이다.
사과와 비슷한 처지지만 너무 빨리 인간 방식
비스무리 죽음이나 슬픔을 배우는 동물로
개가 있다. 알면서도 그 원인한테 꼬리를 흔드는
개다.
인간의 가내 수공 안녕하고 화목해 보이고
그렇게만 인간이 자신의 정체성에

혼란을 겪을 수 없다.

집 전화 빨강

가정의 평화를 물들일 만큼 집 전화 빨강
발랄하고 불온하다.
벨이 울리는 동안 사방이
발랄해서 불온하고 불온해서 발랄하다. 벨이
오래도록 울리기를 바랄 정도는
아니지. 내 나이 통화는 내내 안부 인사 너머
안부 자체가 속속들이 진부하고
집 전화 빨강
수화기 든 내 팔과 갖다 댄 내 귀 고막을 물들인다.
이건 변태야, 뭐 그런 목소리도 빨강에 물들고
거의 예외 없이 통화 끝날 무렵, 아마도 자진해서,
정상으로 돌아가고, 그러면
나의 시선을 20도쯤 비껴 집 전화 빨강이 집 전화 빨강
이다.
나의 집 전화 빨강이 나의 집 전화 빨강이고
소유격이 한없이 늘어나고
끝내의 내내 집 전화 빨강이다.
더는 줄일 수 없고 소유격 없는 아내한테도 있는
집 전화 빨강이다.

방법

나한테 정말 난해한 것은 나이야…… 악기 가운데서도
특히 얄밉게 피아노가 말한다.
손이 닿기도 전에 벌써 건반이 음악의 유구한
계단 세계를 펼치면서 말이지.
손이 닿으면 벌써 음악사와 연주사의 나이를
뭉뚱그려 '내'면서 말이다. 건반 재질의
배후인 금속 줄 덩달아 일렬이 의기양양하게
나이를 따로 통겨내고 검정 뚜껑의 검정이 제일 날씬
하다.
그건 인간의 것 아니지.
닫혀 있으면 열고 싶은 느낌 있을 뿐 느낌의 주체가 없
다,라기보다는
느낌의 주체가 느낌의 당사자라는 생각이 들지 않는다.
현란한 손이 떠난 뒤에도 건반의 세계 아직 현란하고
있을 때도 보이지 않았던
웅축의 나이 더 진해 보인다.
그게 음악의 나이, 아직 피아노의 나이 아니다.
그리고 너무 영롱해서
영영 질문에 머물 것 같은 질문이 있다.

내용 없는 질문의 영롱한 파란만장이
음악이라는 전언도 있고 그런 채로 피아노는
현모양처 가구 구실도 하고 집안의
노인 노릇도 한다. 동성애에 관대한 노인이다.
지금까지, 아니 여기까지 나는 예술, 특히 음악의
천재에 원 없이 미친 듯 열광하면서도
파시즘에 경도되지 않는 방법을 말했다.
수천만년 아니 나이 너머로 아름답게
늙은 몸이 바로 보석이다.

밤과 꿈

이제는 단과 단 사이 막혀 올라가는
계단이 계단보다 둔중해서 불안하다.
답답하다는 게 아냐. 이를테면 낯선 행성
사진이 불안의 경계 너머로 들이닥친다.
태양계 아니라 행성 하나하나로.
행성 하나하나 크기와 무게가 가짜라서
불안한 계단도 불안이 계단인 계단이다.
노년에 가능한 생의 비유지.
불안이 숨통을 조이지 않고 틔우는
모양의 비유 말이다.
한없이 내려앉는, 오래전 사라진 것들
재발견하는 모양을 편안한
내복으로 입는 모양의
비유 말이다.
아직 오를 수 있다는 것이 아직 내려갈 수 있다는 비유인,
안 보이는 시간을 너무나 뚜렷한 공간으로 받아들이는
온화의 온화한 비유 말이다.
무르익는 것이 밤과 꿈뿐이다.

산수 속도

　동화의 사물들이 늙지 않는 것은 동화 아니라 괴물 때문
이다.
　경악이 나이를 빼앗아가지. 우리의 나이도 한번에 1년
　열번이면 10년. 구구단처럼 딱 부러지게 젊음과 혁명을,
늙음을
　혁명의 파탄과 혼동하는 쪽으로 산수가 깊어진다.
　간신히 인간의 입을 빌린 그 흔한 나무 성장통도 없다.
　어떤 동요가 무지 슬픈 것이 그런 사정을
　제 몸속으로 전염시키는
　속도가 빛보다 빠르기 때문이다.
　식물이 제 생명을 자각하거나 동물이 위험을 감지하는
　속도에 버금가기 때문이다.
　죽음이 동화 밖에서 바깥인 줄도 모르고
　백발 된 지가 언제인데 그것도 모르고.

실시간

돌이 꾸는 꿈이 실시간이다.
먹자골목이 시끌벅적하지. 어떻게 먹고살지?
서울에서 딱히 준비 안해도 좀체
약속 시간에 늦지 않는다.
일정한 것이 전철이고 택시 잘 오는 길목 있고
기타 등등이지만 일정도 길목도 기타 등등도
준비되었다는 뜻이고 그것도 없이 서울에서
약속 시간에 좀체 늦지 않는다.
왜냐면
돌이 꾸는 꿈이 실시간이다.
사라지는 것들이 수상한
얼굴을 하지 않는다. 웬 소녀,
귀엽고, 조용하고, 귀에 예쁜 이어폰 맞춤하게 꽂고 있다.
보이지 않는 하나의 손이 꽉 채우고 보이지 않는 또하나
의 손이
쏙 빼는 것을 합한 맞춤이다.
무지 슬픈 소녀다.
왜냐면
돌이 꾸는 꿈이 실시간이다.

입과 귀가 제 안으로 열리고

피도 눈물도 없는

돌이 꾸는 꿈이 실시간이다.

보이지 않는, 내 것 같은

눈꺼풀 열리면 씻은 듯 사라진다.

뭐였더라, 뭐였지?

많은 것이 사라진다. 옛날얘기도 사라진다.

왜냐면

돌이 꾸는 꿈이 실시간이다.

보이지 않는, 내 것 같은

눈꺼풀 열리면

한 여인 꼼짝 않고 그 소녀 자리에 서 있다.

아주 오래전부터 서 있었고 그 자리가 원래

자기 자리였고 아예 그 자리가 자기였다는

모양으로 고개 숙였다.

이름 생각 안 나고 이름의 어감이 눈보라

눈발 공중 채운 듯.

왜냐면

돌이 꾸는 꿈이 실시간이다.

이름

물[水]이 끝까지 고요를 모르지. 이어질 수 없다는
소리 물[物]이고 끊어질 수 없다는 소리 황홀이고
스스로 생명 아니라 생명의 소임에 스며드는
소리 슬픔이기도 하다.
생명 보편의 보편적 죽음을 우리가 개별적으로
눈물 흘리는 물,
소리가 시끄러움의 절정에 달한다.
먼 옛날일수록 잘 보이는 시끄러움이다.
생명 기아의 만연한 절규도 장난이지.
그랜드캐니언, 정말 배 지나간 자리에 지나지 않는다.
불의 심판이라니. 육화 없음의 허세다.
물, 소리가 찢어지는 바이올린 고음을 완전히
벗는 것은 죽음이 흘리는 눈물에서다.
먼 훗날일수록 잘 보이는 벗음이고 거기서 끝이 아니다.
죽음의 눈물로, 자신으로 하여 모든 이야기가
생명이라는 사실을 깨닫고 나서야 물,
소리가 비로소 고요에 이른다.
지금도 들을 수 있고 볼 수 있는 고요다. 지금
시끄러운 물,

소리 죄다 생명의 죽음 바깥에서 물,
이름만 출렁대는 것인지도.

연속

오래된 손궤의
재질과 색깔을 벗어난
모양이
고대 언어 같다.
모양 아닌 내용의.
오래되지 않았을 때도 그랬을 것 같다.
그만큼만 인간적이다.
있지 않은 손궤 아니라
그것 없이 있을 수 없는
내가,
나의 육체 연속이 연속한다는
생각만 연속할 뿐(생각은 그런 생각인가?)
도무지 정처가 없는 나의 육체적 육체 연속이.
그렇게 보면 눈에 보이는
사물들 가운데 고대 언어 같은
손궤 아닌 것 하나도 없다.
사랑이여 네 육체 연속이 내 육체 연속 속으로
들어오기 전까지.
그러고는,

그놈의

손, 눈먼. 그놈의

궤, 몸먼.

빗

껍질이 늘 벗겨진 껍질이다. 자기연민은
자기가 형상화지. 안이 바깥보다 더 생명
바깥으로 늙어버린 신비 자체의
박제화랄까.
벗겨지지 않으려는 껍질도 벗겨내면서
빗이
나날의 더러움을 순순히 제 몸으로
받아들이느라 늘 빗인데 말이지.
뼈대 숲 이빨이 형편없이 빠지고 나서
빗을 폐기하는 것이 빗 자신이고.
우연보다 더 우매한 자기연민이 없다.
놀랍게도 어떤 진혼곡 주인공이
성징(性徵) 없는 아이들이고 어떤 때는
가장 슬픈 진혼곡이 아이들이고 어울리는 나이가
그렇지 않은 나이보다 더 경악스러울 때도 있는 것을
바로 우리가 역사라 불렀다.
아예 전혀 다른 것의 어울림이 있고, 신화와
동명이인 있고, 의외로 훌륭한 사람 있고,
무엇보다 나보다 한참 더 어린 사람 있지만

놀랍게도, 놀랄 일이 없는
이 사태의
배후에 빗이 있다.
첫 키스가 늘 뒤늦은 키스인 빗이다.

틈과 새

전후좌우 없는
상처가 있다.
전후좌우 없이 그냥 상처인
상처가 있다.
깊은 밤 같은 것이다.
너의 몸 같은 것이다.
깊은 밤, 너의 몸까지다.
거기서 '그냥'이 사라지고
덧나지 않는다.
그리고
깊어갈밖에 없는 상처가 있다.
고통이나 불행, 치유와
무관하다, 그것들 모두 물질 차원에 있다.
슬픔이 액체고 운명이 고체다.
시간이 시계라는 물질이다.
혼선이 사라진다. 거기서
상처로 깊어갈밖에 없는 생이 있다.
깊은 밤 같은 것이다.
너의 몸 같은 것이다.

여인한테

호리병 몸매.
미끄러져내리는 S라인의
풍만과 늘씬, 서로를 범하지 않는다.
그
너머로 육감적이다.
육감이 육과 감의 합 아니고
곱하기 아니고
동양과 서양이 서로를 범하지 않는다.
그
너머로 육감적이다.
가장 어지러운 것이 가장 영롱한
'육감적'을 명사로 만들고
'너머'를 육체로 만든다.
'육감적'과 '너머'가 서로를 범하지 않는
육감적 너머
호리병 몸매에
구름 떴다, 씻긴다
안개 깔렸다, 씻긴다, 나도 씻긴다.
작을수록 스스로 소중한

소품이다가
엄청나게 잘 왔다가 잘 간다는 듯이
호리병 몸매,
여인한테 내가 남자라는 얘기,
하기는 했던가?

관절

나이 들며 인간의 천연을 중계하는 것이 관절이다.
인간과 물질 사이 인간의 물질로 관절이 있고 물질의
인간으로 있다.
투창의 삼각 근육이 꿈으로도 불가능하지.
삽시간에 눈 오나 비 오나의 의미가 달라진다. 81세
노파가 정말 눈 오나 비 오나 물구나무서기운동을 하는
세상에 이런 일이* 있다는 것 정도가 산이다,
실수 안 한 배설도 심심찮은.
다만 첫사랑이 아주 이따금씩 꿈속의 방화(放火),
대체할 수 없는, 그때 그 앞에서만
관절이 다르게 쑤신다.
보행에 지장 있을 정도 아니고(꿈에 무슨
보행?) 몽정은 무슨.
얼굴 희미하게 묻어나는 추상명사지.
희대의 섹시 몸매들이 떼로 출몰했단들
참혹하게 엉뚱한 물구나무들, 별로 어렵지 않은
산에 눈 오나 비 오나. 인간의 꿈이 인간의
2차원이라는 것을 나이 들어 관절이 또한
알려준다. 참혹을 무슨 바로크

양식의 시작처럼.

단어의 그후

국립국어원 제공 네이버 국어사전에 따르면 파피루스
는 고대
이집트에서 파피루스 풀 줄기 섬유로 만든 종이고 파피
루스는
잎이 비늘로 퇴화하고 뿌리와 줄기를 먹는 사초과 여러
해살이풀이고
파피루스가 파피루스에 씌어진 고대 문서 전체다.
후배가 터키 여행 선물로 사다준
파피루스 위에서
여인 하나
울고 있다.
먹물로 그려져 흐리게
번지며 울고 있다.
발바닥 보이게
울고 있다.
단어의 그후가 시간
작곡의 대가.
연주 대가를 만나 진가가
유감없이 드러나는

울음의 대가다.
돋보기 아니라
빈
담뱃갑 같은.
담뱃갑이 잠시, 금박까지, 종이로 드러났다 다시
담뱃갑으로 돌아가는
순간 같은.
소용이 있거나 없지 않고
묻어나는.
그 후배 가끔 어여쁘게
우는 여인이다.

히브리

문자 아니고 히브리
법(法) 아니고 히브리
서(書) 아니고 히브리
어(語) 아니고 히브리
인(人) 아니고 히브리
그냥 히브리, 유현(幽玄)의
현재. 그 안에 모두 들어 있는 것 같은.
원래 그랬을 것 같은 히브리.
문자, 법, 서, 어, 인의
이전이 이후인 것 같은
이후의 한자를 무너뜨리며 그런 것 같은.
영원이 회귀고 미래라는
발음 맛 뜻 같은.
이스라엘 유대인
테러리즘 이후에도 그 이전인
히브리, 히브리.

흑백사진

그것이 슬픔의 축제다.
평생 단 한번 아니라 단 한번이 평생인.
신성에서 신이 분리되어
성이 성의 주인 되는.
아니라면 슬픔 이리 치솟을 수가 없다.
이유도 원죄도 없이 이리 솟구칠 수가 없다. 이리
온몸이 마구 혼탁할 수가 없다.
죽음이 이리 몸을 꽉 차오를 리 없다.
너무나 침착하게 너무나 분명한 몸을 너무나
투명할 정도로 분명하게.
육체의 눈을 잠시 흐리는
영혼이다. 마지막으로
호들갑스러운. 다행히
비명 지르지 않는다, 다가온 자신의 실종,
육체는 물론 장소도 없는
실종 앞에서. 다행히 그것 입이 없다.
눈이 없다. 귀가 없다.
영혼이 사라진 한참 뒤에도
투명한 귀가 투명한 제 귀를 듣는다.

투명한 눈이 투명한 제 눈을 본다. 감각 투명의
겹겹인, 신이 분리된 성의
온전. 신이 영혼의
개념에 지나지 않는다.
미래 죽음의 비유 아니라 기껏
죽음의 미래의 비유인.
우리를 기다리는 것은 청정의 미래 아닌 청정,
죽음이 육체를
능가하는, 길의
비유만 남은.
성이 스스로 차가운 것에 안심한다.
신이 어쩔 수 없이 온기를 찾아나선다.
오래된 흑백사진이 좀더 뭉클하다.
귀(鬼)가 비틀린 성(性)에 불과한 때.

유리컵

입구 넓고 바닥 좁은 그렇다고 뒤집은
위치가 더 안정감 있는 것은 아닌,
길고 내림선 둥근 유리컵이다.
생이 개인의 거울. 그 거울 깨지고,
사라진 온전한 세계 하나가 유리컵에
내용 없는 포장을 보탠다.
이를테면 말이지.
뒤늦은 사실로 주인아저씨한테 살해당하는
CSI 식당 여종업원 이디의 세계.
그녀의 출근과 퇴근, 주방 식구(食口)와 메뉴
서비스와 오랜 단골들 그리고……
그 포장이 유리컵 내림선 아니라
입구 아니라 바닥 아니라
바탕에 보태진다.
그래서 입구 넓고 바닥 좁지만 뒤집은
위치가 더 안정감 있는 것은 아닌,
길고 내림선 둥근 유리컵이다.
생의 일부인 죽음의 각인이 그렇게
앞으로 간다. 죽음이 보편적으로

앞서간다. 내 코앞에 책상에 그 식당
유리컵에 따끈한 커피 담겨 있다. 커피
액 담겨 있다.

책 쌓기

몸이 일그러지는 기쁨이
뒷모습 아니라 앞모습으로 사라지는
그 모양의 형식이 아름다움이라는
전언이 일상이고 상식이고
그것을 깨는 것이 선배다,
훗날에 아니라 훗날의, 그리고 훗날이라는.
책을 세워놓지 않고 쌓아놓는 그
선배의 연륜 앞에서 내 가슴
그 너머 나의 훗날로까지 뜨겁지만,
실제로 그럴 수는 없을 터. 다만
그렇게 내가 나의 미래를 거리와 깊이의
언어로 파악할 수 있게 된다.
나의 것 선망 아니듯 그것 연륜의 아름다움,
온화 아니다. 책 쌓기의
기쁨 아니라 즐거움이 앞모습으로 사라지는
거리와 깊이다.
흔들리는 것과 탄력의 차이만큼 탄력을 부르는
거리와 깊이의 매혹이다.
가끔씩 새 책들도 쌓아놓는다.

안 본 책들도 안 볼 책들처럼 쌓아놓는다.
수직이 수평의 매혹이다,
치열이 없는.
그렇게 이전의 이후가 늘 내 앞에 있다,
누구나 후배다.

졸업 작품

세계 최고 수준이지…… 그런데 이건, 전세계적으로
시가 사양산업이라는 소리?
어쨌거나 나중 인용을 위한
보관도 아닌데 내게
남은 시집들이 있다. 시 쓰는 내게
진짜 문제가 이것들이다.
살기 넉넉한 사람들이 뒤늦게 시인을
명예직으로 여기는 조선 전통의 옹졸한
현대판 자비출판은 일종의 궁벽한 출판
산업의 재산 재분배 방식 아니겠나, 재능의
낭비일지 활용일지 두고 보면 되지 않겠나,
남은 시집들은 할 말이 많지 않다는 것과
정반대 분위기의, 할 말이 없다는
표정으로 남아 있다.
들춰볼 생각 없는데 자꾸
옷을 입고
들춰볼 생각 없다는데도 자꾸
옷을 입는데 마땅히
앞 옷이 자연스럽고 뒤 옷이 부자연스럽다.

그러니까 모종의 억하심정
있는 거지, 우리 나이가 정말 서른을 넘기는
현실이 되어버린 것을 약간 머쓱해하는
질문 말이다.
그렇게 내게 남은 시집들이 정식 논문 한번
써본 적 없지만 창작할 생각 더군다나 없었던
나의 문리(文理)대학 4년
있을 리 없으나 이제 와서 그 옛날 있었더라면
해보았더라면 혹시
더 나았을지도 모르겠다 싶은
졸업 작품 같다.
좌절이
좀더 빠르고 좀더 분명할 수 있었다.
그랬더라면 남은 세월이 이리
너무나 짧아 보이지 않았을 것이다.
누구나 다 맞는 죽음을 맞으므로
누구나 죽음을 맞기 전에 할 수 있는 일과
해야 할 일의 구분이 좀더 분명할 거였다.
할 수 있으므로 해야 할 일을 좀더

느긋하게 할 수 있을 거였다.
할 수 있으므로 해야 할 일을 하는 것이
죽음을 맞아야 하는 일을 맞는 일로 바꾸는
일이라는 사실이 좀더 당연해 보일 거였다.
내게 남은 시집들
그래서, 그렇게 남아 있다.
아직 남은 나의 시들이 아직은 그렇게
남아 있지 않기를.
지나놓고 보면 그렇게 남아 있겠지만
내게 남아 있는 시집들 저자한테 아직 남은 시들도
아직은 그렇게 남아 있지 않기를.
후배 시인들은 지나놓고 보더라도
그렇게 남아 있지 않기를.

제 4 부

회색 덩어리

싯가가 환율 손해까지 겹쳐 한국의
10분의 1도 안되었던 베트남 물가처럼
싼 헌책방에서 거금 3만원 주고 샀다.
두께가 어린 손 한뼘이고 가로 한뼘 반 세로
두뼘 조금 더 되는 대략 난감 3천쪽의

THE

MACMILLAN

BOOK OF

PROVERBS,

MAXIMS,

& FAMOUS

PHRASES

그 이전 판 The Home Book of Proverbs,
Maxims, and Familiar Phrases가 1930년대
나왔고 정보와 전자책 시대인 지금도 그만한
부피와 분량이 없다.
고대 그리스 로마에서 영미와 프랑스 독일

이탈리아 스페인 네덜란드 중국 고전 작품에서
원어와 영어 번역으로, 중국어는 번역만으로
인용했고, 영어로 인용된 책들 목록이
앵글로색슨에서 대영제국에 이르는
1200~1940년대 서적들의 보고라 할 만하다.
큼지막한 표제어들을 샅샅이 다루고
소소한 단어들을 따로 색인 처리한
이 책을 뒤적뒤적 즐기는 재미가 한참
쏠쏠했었지. 격언 인용쯤이야 공짜보다
더 넘쳐나는 인터넷 시대를 감안해도
30만원어치 이상 쏠쏠했다.
이 책 요즘 내가
찾아보기도 하지 않는다.
판권 1948년에 1966년 6쇄인 이 책
여전히 양차 세계대전 사이
머물고 있어서 아니다.
죽음과 죽음 사이 생존 본능이 그리
왕성하고 위대한 상식이었던
파시즘에 머물고 있어서 아니다.

양차 세계대전 사이 죽음과 죽음 사이
그 시대가 파시즘 시대
아니지, 전체주의와 자유가 싸웠던 시대도
아니고 죽음과 죽음 사이 죽음과 죽음 너머
의미가 싸웠던 시대고 그 시대 망한 현실
사회주의로 말살되었다. 그 시대 승리한
자본주의로 거의 남지 않았다. 위대한 상식의
파시즘이 살아남았다.
표지가 회색인 이 책 표지만 회색 아니라
전체가 회색 덩어리로 보인다. 그래
각(角)도 없다.
1930년대가
과거 연도 아닌 것 같다.
지금 같다.
반복이니까 물론 그때보다 훨씬 더 질이 떨어진.
돈키호테 조금 덜 희극적이고
돈키호테도 돈후안도 표 나지 않고
비극적이지 않고 살금살금
슬금슬금만 남았다.

돈후안이 좀더 엉뚱하고 돈키호테가 좀더
햄릿 비슷하지. 그래
덴마크 왕자 없는 햄릿이다. 어쨌든
방향과 방식을 착각하다가 죽음을
아무 생각 없이 그냥
돌파해버렸어, 그게 좋은 걸까,
잘한 일일까, 제대로 죽지도
못해본 것이?
이 책 MACMILLAN BOOK OF……
회색 덩어리로 그냥
있는 게 맞을 것이다.
우리가 죽어보지 못한 죽음으로 말이지.
최근이 해프닝이다. 찬성도 황금도 아니고
그냥 침묵인
침묵이 있다.
네가 오지 않은 게 아니라 네가 없는
결석이 있는데 사랑과
거리가 무슨 소용인가.
천년 묵어도 꼬리와 구분되지 않고

도로(徒勞)가 요망한

여우 눈만 있다.

죽음이

우리가 필요해서 불렀던

이름이다. 우리가 초래했던

수천만 인민의 개별적이고 느닷없는

죽음의

물질 아니라 우리가 필요로 했던,

물질보다 더 단단한 생명 보편의

죽음, 그 추상명사 말이다.

다른 어느 생명도 모르고 알 필요 없었던

인간의 죽음 말이다.

현대식 가정 비극 입문

끌과 드라이버와 몽키스패너 그리고
망치와 톱까지도
목공 연장은 결국 가정적이고 그것이
가정 비극 입문이다.
목공의 죄는 아니지. 목공은
개집을 짓고 수납장과 책장과 선반,
책상과 침대를 짜고 급기야 집 전체를
목제화하고 싶을 뿐이고 그 기세가
틈틈이 그리고 번번이
비극에 가로막힐 뿐이다.
아이가 태어나고 아이를 위하여 목공
사태가 반복된다. 어떤 아기자기한
접착이랄까. 건강식품의 세련된 원시(原始)가
비극을 양쪽으로 더 각인한다. 한방약이
은밀하고 음흉하지.
어쩌면 그리도 쥐어짜는지
고문 같기도 하고 생약(生藥)이라니!
경락, 경혈 어쩌고저쩌고하면서 어영부영
남녀 구별도 없이 자연을 참칭하며 온몸을

어지간히 훑어내리니 능욕도 그런 능욕이 없다.
여자가 알코올에 통째 담근 뱀술과 집단 익사의
매실주 잔혹하기가 연쇄살인범
희생자 장기(臟器)도 그보다는 덜할 것이다.
상상력이 스스로 더 끔찍해지기 전에
인공 너머 인공의 인공이 필요하다.
이를테면 목공이 장식화(裝飾化),
목조(木彫)로 되는 순간 목조 찻잔과 숟가락, 그릇과
선반에서 크고 작은 기기묘묘
나무 형용이 크고 작은 실용의
기기묘묘를 부르며 현대식 가정
비극이 해결될 실마리를 찾는다.
목조가 목공을 대체하는 것을 넘어
목공도 못했던 집짓기에 나설 때까지.
그러니까 세상을 온통 장식화할 기세로 말이다.
하지만 거기까지다.
기기묘묘가 가정적이고 그것이 다시
가정 비극 입문일 수 있고
그것을 푸는 것이 수채화, 정물화, 풍경화 기타

등등일 것이다.

수채화가 말 그대로 물과 색의 그림으로 푼다.

스스로 번지고 흐트러지기에

모양을 좀더 멀쩡하게 만들려는 경향이 있고

(입문이니까) 그 경향에도 불구하고 충분히

흐트러지며 푼다. 특히 인물화

인물이 정교하게, 육체가 적당히

육체적 아니라 그림적으로 흩어지는

방식으로 푼다.

정물화가 죽음을 적당히 흩뜨린다.

사과며 배가, 나무 의자가 색깔과 몸뚱어리

아무리 딴딴해도 죽음만큼 딴딴할 수는 없거든.

동시에, 너무 흐트러지면 그게 죽음의

모습이거든.

풍경화가 정물화의 확대인데,

이상하지. 언제 어디선지 모르게 어느새

아주 편안하다. 야외로 나가 산이든 산동네든,

강이든 강변 아파트 지구든 제 모습대로든

실수로 혹은 일부러 일그러뜨리든,

잠시 떠나온 집을 생각하니 그 집, 그렇게
편안한 곳이었을 수가 없다.
돌아와 그 착각 풀리지만 그 풀림도 현대식 가정
비극 입문을 한꺼풀 더 푸는 풀림이다.
자연의 소리? 웃기는 소리다. 현대식 가정 비극
입문을 푸는 것은 인공의 인공 소리밖에 없다.
자연의 맛? 웃기는 소리다. 고향의 맛이 벌써
인공의 인공이고 환생한 고향의 맛이
관광 아니더라도 그것에 뿌리를 내리고
질서정연하다.
인공의 인공 정원이 있고 호수가 있고 요리가 있고
전통의 근엄이 뾰족 삼각으로 울창한
천장이 있다.
사람들이 쭈뼛쭈뼛 고향 맛별로 군기가
잡혔다 해도 내가 믿겠지만 그것이 언제나
현대식 가정 비극 입문 풀기 위하여 자연에서
멀어져온 이야기지 자연에 근접해간 이야기가 아니다.
자연과 가까웠던 이야기도 아니다.
왜냐면 가정 비극이 언제나 현대식이었다. 왜냐면

인간이 자연의 희망이었던 적이 없다.
자연이 인간의 희망이라는 착각만큼
인간이 풀어야 할 인간의 문제를 인간이 풀 수 있다는
희망이 갈수록 줄어들었을 뿐이다.
사내들이 짐승과 다를 바 없었다고 사내들이
군대 추억을 떠벌리는 정말 개만도 못한
수작과 다를 바 없지. 우리 모두 똑같았던
그 짐승이 추억하지 않는다.
짐승이 각자 개별적으로 짐승을
벗는 순간들만 기억한다. 그리고 그 기억들이
공통되기를 소망한다.
나이 환갑 지나 군대가
추억하기에 너무 오래된 경험 아니고
더 오랜 후 기억나는 것일수록 더 진정한
군대 추억일 수 있다.

마음의 고향

연중행사가 낯익은 것은 시간의
도플갱어이기 때문이고 낯익지
않은 것도 시간의 도플갱어이기
때문이다. 때로는 유별나게 빛나는,
그러나 연중행사다. 수상한 이야기들
모여들고 더 수상하고 그러나
연중행사다.
입학보다 졸업이 돌잔치보다 장례식이 단연
더 우세한 연중행사다.
지옥은 어른이 마주치는 자신의
유년의
나체. 이럴 수가. 그것과 마주치면
선명하지.
너무 선명하다.
나체 치욕의
선(線) 하나 지워지지 않았다.
평생 자서전을 온몸으로 또 붓으로 썼으나
결국 염습(殮襲)의 손길에 맡겨진 자신의 나신을
바로 옆에 서서 내려다보는

카사노바의 치욕이고 카사노바가 지옥이다.
우리가 우리 유년의
나체를 제대로 볼 수 없는
죽음이 미리 보여준 따스한 삽화,
연중행사의 옷을 여러겹 입고 있는
까닭, 행인지 불행인지 모른다. 선택도 없이
자연 없는
벌을 미리 받았다는 것이. 이백과 두보 없이도
연중행사가 관계의 지도와 연표를 얼마든지
짤 수 있다. 지나놓고 보면 두 사람의
그것도 우리의 그것도 결국
수의(囚衣)니까
성글고, 곽말약이 없더라도 일종의 미신으로
좌경(左傾)이기는 마찬가지일 것이다.
누군들 생이 전쟁 아니고 하이쿠 사계
꿈속에 뱀처럼 기척 없이 스며들고 뱀 길이만큼
짧은 문장이 마약 아니었겠는가.
누가 몰랐다 하겠나 육체 욕망을,
그것이 악귀보다 훨씬 더 육체와

구분하기 힘들었다는 이유로?
누가 몰랐다 하겠나 웃음의 비극을,
그것이 너무 광대하였다는 이유로?
누가 큰소리친 적 없다 하겠나, 그 소리가
너무 컸다는 이유로?
누가 몰랐다 하겠나 울음의 소극(笑劇)을,
그것이 너무 사소하였다는 이유로?
누가 어리석은 적 한번도 없다 하겠나,
그것이 바꾼 세상이 보이지
않는다는 이유로?
생의 진(眞)과 사(似) 너무나 교활하기에
죽음이 우리 대신 익살을 섞는다.
연중행사 없이 지나가는
행인이 그냥 지나가는 행인이다.
전염성 없어, 질병이나
사망자 없어 그나마 다행이다.
전쟁에 길들여지지 않고도
온순하여 그나마 다행인
짐승에 지나지 않는다.

연중행사로 지나가는
행인이 심상치 않은 행인이다. 격한 전도(傳道) 없이
경건한 예수쟁이쯤 된다. 여기서부터
감상이 가능하고 대나무에서 태어나는 미인이
대나무에서 태어난 미인이고 대나무에서 태어난
소리가 대나무에서 태어나는 소리다. 먼 옛날
궁녀가 근위병과 연애하는 소리고
여기서 끝. 왜냐면 연중행사가 자신들도 모르게
편안히 죽음 속을
미리 돌아다니는 가족 여행이다.
자신들도 모르게 들뜨고 스스로 소란을 떠는
이유는 그것 말고도, 그리고 앞서
여기서 끝인 것 말고도 여러가지가 있지만
그
여러가지가 바로 연중행사이기도 하다.
번뇌와 진로(進路), 사이 끊임없이 그리고
소용없이 번뇌를 진로로 만들며
연중행사가 있다.
아버지 돌아가셨다.

어머니 돌아가셨다.
이제 내 차례다. 그 운율에 맞추어
연중행사가 있다.
가장 강력한 생의 운율이고
식구 없어도 가장 북적대는
가족 행사다.

『겐지모노가타리(源氏物語)』에마키(繪卷)

1

모양을 담느라 제 몸을 흩뜨리면서
너무 마구 흐트러지면 안되지…… 뭐 그런
생각도 들었는지
색이
어딘지도 모르는 제 몸
각각의 부분을 명사, 동사, 형용사,
형동사 따위 품사로 만든다.
꼴이 어떻든, 해가 지는 꼴이라도
색이
색으로서는 최대한 화려해보겠다는 거지.
누가 말리겠나, 귀찮게 공들이고 힘들여
살 섞을 육체 없이
미인을 통째 겪는 일인데?
단(段) 활용이든 행(行) 변격 활용이든
수신(受身), 자발, 가능, 존경, 사역, 타소(打消),
과거, 영탄, 완료의 조동사든 조사든
미연(未然)이든 연체(連體)든 이연(已然)이든,
이것들이 지들도 벌써 색 없이 웬

색 없이 미인을 벌써 통째 겪는 중
흑백이 뭉툭한 1940년대 다큐멘터리
아직 살아서 움직이는 것도 빛바랜 것도
인물이나 배경이나 배경 음악 아니라
시대나 시간 아니라 필름
인화(印畵)라는 것처럼.
과거가 자연 속에 있고 과거가 바로
자연이라는 것처럼.

　　2
냄새가 향(香)에 향이
색에 이르기 전
색이 향에 이르는
잠자리
날개 날고 네 엉덩이
오동나무 항아리,
똘똘 뭉쳐 거대하게 텅 빈.
처음부터 너무 슬픈 내가
그 안으로 다시 색을 입힐 수밖에

없으니 내 몸이 제야의
종소리 울리는 물감이다.
네 몸이 휘파람새, 두견이
새해 처음 우는 소리를 내며
내 몸이 그때그때 잘생긴
상록수, 상록수 기둥
향기 나는 나의 궁(宮)이고,
그후 네 몸이 꽃잎 난분분한
내력이고 마을이고
그후의 그후
이승이 환영(幻影) 없는 매미
허물일 때까지 쑥밭
우주가 집이고 아늑한 방이다.
차 끓는 소리*, 소나무에 바람 소리*.
저녁 안개로 번지는 청
귀뚜라미 소리.
밤이면 반딧불이, 반딧불이,
색이 향에 이르기 전
향이 색에 이르는

나비

날개 날고.

　　3

음악이 이미

흘러갔으므로 음악일 것이다.

우리가 듣는 음악이 흘러가는 소리 아니라

흘러갔던 소리일 것이다.

최소한 우리가 모양 너머로 흐트러지는 색일 때

최초로 흘러갔던 음악을 최초로 듣고 싶은 것이다.

왜냐면 우리가 흐트러짐 너머로 흐트러지는

색일 때 최초로 흘러갔던 시간이 그렇지 않았다는

위로를 받고 싶다.

그래서 음악이 심지어

입을 수 없으므로 가장 육체적인 육체를 입는다.

그리고 그 소원을 발하였으나

음악을 들을수록 우리가 더

색이다, 이미 흘러갔으므로 음악인

음악에 묻어나는.

음악의

자살이 엉뚱한 육체를 혼동한 것일 수 있다.

얼마든지 물 위에 배를 띄울 수 있고 물 위에

떠 있는 쪽배일 수 있다.

엷은 구름일 수 있고 꿈속을 떠가는 다리가

단풍을 맞을 수 있고 붉은 빛깔 매화일 수 있다.

지명이 순례거나 유배다.

방향 없고 방황 없다.

흘러간 것만 흘러갔다. 그것이 색의

공(空) 아니고 비움이다. 자세히 볼수록

모양 말고도 자신이 품고 있는 것들을

죄다 내다버리지.

어쩌다 품게 되었는지 모르겠다는 식으로.

　　4

구름 아니다. 비 아니다. 너와 나 사이 정말

강물이 흐르기는 흘렀을 것이다.

우리가 사랑이라는 말의

증거를 이만큼이나 남겼으니 아주 세차게

흘러서 너와 나 사이를 흥건하게 적셨을 것이다.
그런 식으로 더 굵직한 데를 깎아내고
지워버렸겠지. 아니면 우리가 불덩이로
타고 있거나 불타버리고 사랑이라는 말의
증거만큼 우리가 남아 있을 리 없다.
왜 색이 눈물보다 더 눈물겹게 바래겠는가.
하룻밤 만리장성을 쌓기 위해 우리가
천년을 기다리지 않는다.
만리장성을 쌓은 후 비로소 천년을 기다릴 수
있는 우리가 썩어 문드러지지 않고 바랜다.
지나놓고 보면 더욱 먹구름 아니다. 장맛비,
폭우 아니다.
너와 나 사이 정말 몸과 몸으로 피리 소리와
피리 소리로 강물이 흘렀을 것이다.
사랑이라는 말, 증거일 뿐 아니라 슬픔이
저 혼자 일그러지는 장식이다. 우리가
슬픔을 일그러뜨리는 장식
아니라는 게 사랑에 남은 다행이지.
오늘이라는 거, 화톳불 사랑이

조금 더 색 바래는 간절이 있을
예정에 다름 아니다. 색다르게
엿듣는 이
없을 것이다.

   5
있다면 어쩔 수 없이 파릇파릇
갓 태어난 것들이 파릇파릇 엿듣는다.
아주 잠깐이다. 엿들으려 태어난 것보다 아주
조금 더 깊이
태어남이 엿듣는 것인 것과도 같이.
왜냐면 파릇파릇도 탄생 이전에
빛바랬다. 생명이 마법까지는 아니더라도
뭔가 기분 좋다는 게 그거거든.
우리가 나이 든 건지 파릇파릇이 수억년
나이를 먹은 건지 기분 좋게 헷갈리고
헷갈림이 우리의 미래라고 해도 좋을 것 같다.
그렇다. 미래가 우리를 엿보고 있는 것
같아서도 기분이 좋다.

미래 문제라면 우리가 얼마든지
빛바래어 파릇파릇할 수 있고 얼마든지
빛바래며 얼마든지 파릇파릇할 수 있다.
속삭일 수 있다, 우리의 미래,
사랑이 죽음의 연습 아니라 죽음의
나이이고, 죽음이 사랑의 완성 아니라
사랑의 빛바램일 것을.
속삭일 수 있다, 우리가 젊어서 그 사실
알았더라면 색바램 더 짙고 더 완벽에
가까울 수 있겠으나 젊어서는 그 사실
결코 알 수 없고 어제의 젊음이 오늘의
젊음한테 군이 전수할 수 없다는 점을.
대체 우리가 언제 늙음의 영역으로
들어선 거야?
그 질문을 우리가 탄성으로
바꾸어 속삭일 수 있다.
늙음의 미래 아니라 우리의 미래를
우리 둘만의 미래를.

6

식물은
뿌리내리고 서 있다는 것이 도무지
무슨 일인지 모르는 자세의
흘러간다는 것이 도무지 무슨 일인지
모르면서 흘러간다는
뜻일 것이다.
수천억년 동안 식물인 적 있는 우리가
식물이 그 햇수를 다만 숫자로 기억하고
그 숫자가 식물에게
타자(他者)라는 것을 알고 있다.
식물이 봄여름가을을 우리보다 더 잘 나지만
겨울을 난다는 것이 도무지 무슨 일인지
모르면서 겨울을 나고 모르면서 깨어난다.
우리보다 더 분명하지만 우리보다 더 모르는
단절과 이어짐을 겪는다. 우리보다 더
행복할 수 있지만 우리보다 더
행복을 모른다.
왜냐면 우리가 겨울을 향해 생애를 쌓아왔다.

백년을 못 사는 불행으로 행복의
개념을 아는 우리에게 숫자가 타자 아니다.
늙어서도 우리가 식물이 될 수 없는 것은
숫자의 색이 바래는 까닭이고 그 까닭이
늙은 네 안의 젊음을 갈수록 도드라지게 하는
까닭이고 그렇게 말고는 우리가 젊음의
개념을, 젊은 적이 있다는 사실을 정말
제대로 알 수 없는 까닭이다.

    7
젊어서도 젊음이 이미
흘러갔으므로 젊음이다.
나이를 먹으며 갈수록
나를 향해 현대화하는
그림의 역사 같고, 감쪽같다고 해야겠다.
네가 거기 앉아 있는 것이.
풍경의 윤곽이 풍경의 윤곽을
모은다고 해야겠다.
네가 너의 젊은 날이고 나의

곁인 것이.
혈색이 혈색을 부추기는
붉은색
생애라고 해야겠다.
너를 향하고 위하는 나의 색바램과
나를 향하고 위하는 너의 색바램의
몸 없는 충돌을.
예리한 경악이 색바램보다 더 깊게
색의 나이를 쌓아간다,
나이보다 더 오래되게
네가 안식한다. 너의 안식보다 더 낮게
내가 눕는다.
육체가 육체로서
허물어지는 거다.
허물어지는 거다.
허물어지는 거다, 너의 안식 밑으로 밑으로.
내가 사랑이라는 말의
마지막 증거로 너의 여성 상위의
색일 때까지.

네가 사랑이라는 말의
마지막 증거로 나의 남성 하위의
색일 때까지.
너와 나 한 몸으로
색바램이 색바램의 색 바랜
색일 때까지.

8

네가 없으니 내가 없고 내가 없으니 네가 없다.
네가 없어서 내가 없지 않고 내가 없어서 네가
없지 않다. 당연하다. 왜냐면 모든 죽음이 사랑의
요절이다.
색이 색을 품고 따스하다. 찬색도
찬색 품고 따스하다. 따스하게
품어서 따스하지 않고 품음이 따스하다.
남은 색이 남은 색을 무한수 겹과 깊이와 내면
폭의 육(肉) 차원으로 품어서 따스하다.
품는 모양이 품는 색일 때까지 품는다.
색에서 색을 떼어내는 것

어불성설일 때까지 품는다.
색의 색 속에 어, 불, 성, 설이 있고
색을 색에서 떼어내는 어불성설을 뺀
모든 것이 있다.
네가 없이 길길이 뛰어도 색이 흐트러지지 않고
내가 없이 길길이 뛰어도 색이 흐트러지지 않고
저 혼자 길길이 뛰어도 색이 색의 주소고 눈물만
한방울 떨어졌었다. 그것이 색바램이었다.
너여 너의 나와 나의 너여 그 둘의 합이여
얼마든지 없으라.

* 둘 다 송풍(松風).

보유
카탈루냐 지도 재고(再考)

1

생의 번역이 솜 기저귀처럼 푹신한

초록 바탕

짙파랑 글씨 몇자

카탈루냐. 생이 이토록 아름답게 춤추는 소리의

정지(停止)인 뜻이므로 더욱

춤춘다 카탈루냐.

역사(歷史), 반(半) 넘어 나른한 역사(役事)라는 듯

나무, 뿌리째 넘어간다.

적막의

방점 하나.

눈먼 암소 정욕의

색깔도 나른한

생의 번역이.

2

누가 밤을 순결하다 했는가. 밤의

순결이 어둠이다. 어둠이

뉘앙스를 지울 듯

거칠게 빛난다, 인간 밖으로 거룩의
징조지.
육체가 잠시 얼어붙어
영혼 같은 거. 그것을 녹이는 평생의 piano
testing,
반복이 반복을 능가할 때까지 반복하는 거.
수천년 이어지는 출생과 죽음을 단 한번
생애로 집약하면서 말이지.
붓이 칼보다 더 강하다는 진부한 속담이
물러터진
새파란 모세혈관
병약(病弱)의 세계관 같은 거.

3

은, 는, 이, 가, 을, 를 따위가 사라지면서 사물의
죽음이 더 공평해진다. 뒷말이 앞말을 잡아먹는
허술의 운명도 조금 덜 허해지지. 이어지는 꿈의 꿈 속
실종쯤은 된다.
아는 길인 줄 알면서 계속 빙빙 도는,

도착해야 비로소 도착을 알겠으나
영영 도착 못하고 영영 도착
못할 것을 모르는
교통쯤은 된다.
인육(人肉)의 20세기도
묵직한 것은 희미하게 숨은 것이다.
묵직한 것들이 희미한 공평의
미로를 이룬다.
검음이 검음의 사각을 이루는 시간
우리가 쓸 관(棺) 색깔이 검정인가 다른 색인가
그것이 문제다.

4
나무들 이름은 인간이 끌어당기는 만큼 나무가
끌어당기는 이름이다. 그 증거로 너도밤나무
나도밤나무가 있다.
띄어쓰기 없이 있다. 너도밤나무가 참나뭇과
나도밤나무가 나도밤나뭇과 둘 다 밤나무
아니고 다른 키로 다른 곳에 자라 다른 때

160

꽃 피우고 열매 맺지만
사실, 그전에, 각각의 너도밤나무가 각각의
너도밤나무와 다르지만
나무의 너도와 나도가 서로 잡아당기며
목재를 입는
인간이 인간을 입는 목재다. 떨림이
투명할밖에. 내가 가장 빛나는 죽음의 장소
아기 예수 말구유 탄생에 대해 말했다.
아기가 예수고 말구유고 탄생이라고 말했다.
그리고 공간의
'그리고'가 시간의 무지개를 엮는다.
숲은 수줍은 사랑의
초록을 짙게 하는 동시에 지독한 사랑의
치부를
무성히 가리고.

    5
사랑이여, 섬이고 잠인,
여행이고 바위인,

현관이고 변화인,
액체이고 공포인,
늙음이고 합일인,
동반이고 죽음인,
사랑이여, 누가 너를 겪었다 했는가,
네가 상상보다 더 무모한
현실의 에필로그였는데?

   6
아주 깜깜한 밤에 나이가 없다.
아주 깜깜한 밤에 여인이 있다.
아주 깜깜한 밤에 안 보이는데
옷을 벗는 여인이 시퍼런 처녀다.
아주 깜깜한 밤에 안 들리는데
노래 부르는 여인은 호호 할망구.
그렇게 동화가 이어진다.
동화가 시퍼렇고 아주 깜깜한 밤에,
고통은 기껏 유순한
긴 역삼각형이 검은 털신 신는 쪽으로

늙어가는 남자.
날카로운 미모가 하얀 털옷 입는 쪽으로
늙어가는 여자.
패망한 소비에트 초록과 독일 쥐색
헐거운 대비.
진홍과 흰 잿빛
비단 대비.
검게 빛나는 연극 상자
확대, 비로소 앙증맞게 뒤집히는
허리 아래
뒤집히며 아름다운 형형색색의 보석
내장을 쏟는.

　　7
우크라이나, 하면 물론 웅크렸지만 엉큼하게
웅크리지 않고 위대하고 친근하게 몸을 숙인
수천년 역사 같다. '변경'의 뜻이지만 그 역사가
우, 크, 라, 이, 나,
다섯 음으로 내내 있는 동시에 내내 줄어들며 그 보상

으로

한탄 벗은 맑고 청아한 소리를 내는 것 같다.
우크라이나, 하면 다른, 더 많은 수난을 받은 곳에서도
수난의 서열 따지지 않고 우크라이나,
그 소리 내는 것 같다.
우크라이나, 하면 세상의 모든 지명이, 나도 나도 하며
우크라이나를 조금씩, 깜냥대로, 닮는 것 같다. 우크라
이나,
하면 소비에트보다 이 단어가 더 좋았을 것 같다.
오, 우리는 결코 슬퍼할 수 없다, 우크라이나, 우크라이
나, 누군 안 그러냐, 원망도 선망도 없이.

레닌그라드, 하면 미래의 빛을 품었던 말 '인민'의
어감이 황혼 진혼곡처럼 들리고 어떤 것들이
음반 백년 틈새마다 미어져나와 일제히
기나긴 변주를 갈망하는 것 같다.
사람 목소리 아니다.
음악의 목소리다.
소비에트가 음악 속으로 음악의 완벽에 달하는

식으로 정치의 완벽에 달할 수밖에 아직 없었다는
소리고, 소리가 음악의
멀쩡한 이야기
완벽에 달하는 변주다. 평균율과 연습곡의
유명한 변주다. 오늘 파리에서 빈까지
오르간 흐림을 벗고 레닌그라드가
영롱이 기분 좋게 낯선
고전이다, 파경(破鏡) 음렬(音列) 현대
음악의. 스탈린그라드는 그냥 잔혹동화의
현대고.

　　8
새의 명상이 커튼을
페인트칠로 만들지. 그
앙갚음으로 커튼의 명상이
새소리
핵심을 빼앗는다. 커튼한테는
쓸데없는 핵심이다.
나의 명상 따로 있지 않다. 내가

그것들의 명상이다. 오 나의
화려한 슬픔은
육체의 헌정 때문 아니라 육체의
헌정 너무 오래전 일인 까닭,
육체의 죽음 때문 아니라 육체의
죽음이 너무 오래전인 까닭.
진부할 정도로 말이지.

　　9
어지간히들 파야 말이지.
고고학과 미술사가 겹치면 아름다움이
어찌 되는가. 레닌과 카바레가 겹치면 혁명은?
삶의 음풍농월이 시라면
삶은 어쩌라고?
음탕이 노인네한테 더 노골적이다. 그 근엄한
히브리어 사전도 종교도 고대도, 동서 교류의
역사는 물론 머릿기름 바른 UN 외교문서도,
요약이 장광설보다 더 음탕하고 더 나아가
늙고 추해질수록 늙고 추한 것이 음탕하고

더 나아가 음탕이 노년을 위한 비가처럼 들린다.
왜냐면 노년의 음탕이 노년의 노익장과 달리
고루와 완고의 방편일 뿐 능력이 없다.
젠체할 수는 있다. 시대착오라는 거. 그건
노년의 장난감이거나 치매의 옷이라고나 할까.
하지만 거기까지. 노년을 맞기 전 겪는
이 시대의 중세 시대착오 이, 시대의
시대착오가 정말 음탕의 역병과도 같고
혹시 그것을 막기 위하여 한 백년씩 묵은 헌책
두꺼운 표지들이 내 마루 서재에서 바야흐로
더 낡아가는 중이다. 자신의 누더기를
깁기는커녕 고스란히 삭히며, 생명의
누추 말고는 거지보다 더 거지 같은 꼴로 그러나
곱게, 아주 곱게, 내용보다 더 새것인 시대착오
방식으로 말이지. 말 그대로, 뒤늦게 영미 프랑스 대(對)
독일 일본 책 종이 제2차 세계대전이다.
어지간히들 파야 말이지. 중세화하는 잔치의
인위(人爲) 제의를 자연 관통의 자연 인위
진보로 관통하는 고전

음악의 축제는 어디나 있다.

10

우리가 좀체 환희를 해부하지 않는다.
마지막이기 때문이지. 골격도 내용도 해부하지
않는다. 더 드높은 환희가 뒤따르며
앞서의 환희를 누른다. 환희의 반대 혹은 전제가
슬픔 아니라 굴욕이다. 그것이 지워지지 않는
반대고 전제고 그것이 환희들 없는 환희의
서열을 쌓아간다. 슬픔이 민주주의와 환희가
파시즘과 더 가깝고 이성의 열광을 이성의
액체 슬픔이 식힌다. 아니라면
왜 본문이 그리 못하고 다만 흑백 삽화
선들이 애당초 굵게 시작되고
더 굵어 보이고 실제로 더 굵어지기도 하는가?
왜 가사가 길길이 뛰고 선율이 굵은 눈물처럼
굵어지기만 하는가?
우리가 슬픔의 힘을 잘못 알았다.
슬픔이 끝까지 이성의 슬픔이지 폭정의 그것이 아니다.

민주주의가 죽음의 영역에 파시즘이
욕망의 영역에 뿌리를 내린다.
그리고 죽음의 영역에 생이 초록빛 고유명사
색인을 남긴다. 욕망의 영역과 달리
구닥다리가 없고 그 바깥에서 언어가 더 무거운
쪽에서 슬픔의 역사를 닮는 것.
'환희'라는 말 일순에 지나지 않고 그것을 약간
늘려주는 것도 슬픔이고 슬픔의 역사다,
우리가 흔히, 해부하지 않고 그냥
애환의 역사라고 부르는.

   11
보라색 짧다,
절정 이후
나른함만큼.
길다, 사라졌던 만물이 서서히 다시
색과 모양을 갖추는 그
여운, 보라색 초록 속
삽입이었던 것 같은 그 여운이.

이제는 슬픈 느낌
약간.
그러고 보면
보라색. 사랑의
관통보다 더 진한.
포옹이 있었다는 뜻이었고, 이제
흑과 백도 포함한
모든 색이 다 그럴 수 있다는 뜻이고
모두 따스한 포옹이다.

　　　12
꽃이 꽃망울 터지는 울음인지, 영원의
유년이 삽시간 의식 너머로 사라진
슬픔도 아니고 당혹인지
유리 꽃병은 아무 관심이 없다.
아무렴.
물로 몸을 떠는
거울 아니라
모든 것을 받아들이기 전에 이미

모든 것이지 열린 창.
색을 입힌 제 안에 갇혀 은밀을
나눌 수밖에 없어도 꽃병은
아무 관심이 없다.
아무렴.
물에 몸을 맡기는
거울 아니라
모든 것에서 차단되기 전에 이미
모든 것이지 커튼 내린 창.
제 몸이 생각이고 공간이고
탄생이고 탄생들이 겹쳐가는 재탄생이다. 제 몸이
꽃의 병 아니라
꽃병이라는 거지.
그러나 진리를 찾는 자도 진리도 궁극은
그런 자세가 내용이고 진리에 지친
자세가 연민이다.
그렇게 몸 아랫부분이 어딘가 무거워
내려앉는 활 모양이 대칭을 이룬다.
시인이 보다 못해

운디네, 운디네 속삭인다. 물의 요정이 부드러운 애무로
이미 전신(全身)인 꽃이 듣기에 다소 과하게
서럽다고 생각한다. 그래서 시인의 시가
목울음 말끔히 씻어내고
진리를 약간 비낀 연민의
상처로 속삭인다. 대칭 없이 파인
활 모양 상처의
전신으로.

13
상식의 깊이는 생각보다 더 깊고 생각할수록
특히 음악의 깊이가 깊어진다. 왜냐면 음악의
상식이 들어왔던 것들의 부지불식간 쌓임이고
기억에 파인 LP 음반 골이고 쌓임의 쌓임과
파임의 파임의 물결 흐름이 느리고 아직 불길한
백조의 노래다.
사랑에 중독된 생의
매독(梅毒)인 슬픔 아니다.
끝까지 얇아지고 끝까지 진해지는 그

포장의

탄생이 죽음이라는 듯이

원색의 원색적인 크기가 보인다.

비가 더 작을 수 없는 깨알 디자인 만년의

무수(無數)로 내린다. 집안의 산재(散在)

신구(新舊) 응축이 있다.

죽음도 청중이다.

비교하겠지 자신의 어제와 오늘을.

제 이름의 아이콘들을.

가장 찢고 가장 찢기는, 갈라진 남성이

모성 아니고

여인 아니고

여성 아니고

여자로 이어진다. 처음부터

여자의 이어짐 같다. 여자가

이어짐 같다. 악슈트, 악슈트,

악쓰고 질기고 침 튀는 그 발음이

처음부터 여인의 선물 같고 방향 같고 크기 같고 그

처음의 만년이 여자인 것처럼. 아마존과, 정반대는

너무 쉽고, 구십 몇도쯤 어긋나지.
롱고바르디에도 불구하고 이탈리아에
중세가 없었을 것 같다. 태양의 르네상스
아니라, 아직도 찢어지며 죽음을 찢듯
중세를 찢는 중세 웃음 때문.
그런데 백조의 노래 언제 죽었지? 그것의 얼굴을
우리가 보기는 보았나?
향로 같고 재떨이 같은 그 사이
유리가 보인다. 향로가 재떨이인데도 보인다.
역사는 다르겠지만, 하고 아주 잠깐
무겁게 고개를 끄덕이는, 서곡 아니라 협연
형식을 보아버린 그 얼굴이.
공공의
실내가 있다.
이상하게 어긋난 이성의
동성이 있다.
퍼시, 비시, 셸리가 한 권
전집으로 있다. 이것도 얼굴이 없다 있고
있다 없고 피파, 판니*, 튜브, 잉크, 만년필, 생각이 있다.

활자는 그렇고, 그 무엇은 대관절 어디까지 얇고
작아지려는 그 무엇일까. 밥과 밑반찬이
죽음의 건축인
식탁 위에 있다.
첫아들, 선물, 둘째 아들, 선물, 며느리, 선물,
마누라와 여러겹 새로운 인생이 있다.
흙, 옥수수 있다. 둥근 지붕 돋보기, 숯 있다.
하얀, De, Chocolate, Coffee, 검은, 에스프레소, 잔
미로의
주석(註釋)처럼 있다.
종교의 처녀와 진혼을 어색한 냄새
덩어리로 만들며 있다.
아직 울화에 지지 않은 꾀죄죄한 얼굴을
벗어나야 보이고, 들리고, 보이는 것이 들리는 것인
프리드리히 굴다
이름이 있다.
천년 넘게 이어지는 백년의 영광과 그후의
수난 전쟁으로 젊음 왕성한
파랑이 두터운 현대

Oxford, Greek, -, English, Learner's, Dictionary와

Oxford English -Greek Learner's Dictionary와

오래될수록 영롱한,

詩經, 國風, 中國, 古典, 槪說, 骨格, 그리고,

육(肉)의 전체인 포장지

초록이 얇고 넓게 있다.

실[絲]이 검고 둥글고 긴 몽블랑

만년필이고 낱장 날창날창한

시집이 생이다.

만물이 슬픔이고 인간만 슬픔을 슬퍼한다.

언젠가 죽음이 나무 책상 마우스 자리에

배꼽 때 낀 방일 것을 알아서 아니라

거기까지일 것을 알기에.

   14

그렇다면, 네게로 가겠다. 오

카탈루냐,

근대 직전 근대를 극복하는,

사라지지 않는 기억의 지도.

그렇다면, 그것이 너다.
알바니아보다 덜 가난한 루마니아
가난의
매혹,
알바니아에서 마더 테레사를 뺀,
가난에서 가난의 신학과 해학과
비수를 제거한 슬픔의
만년,
낡은 키츠와 첨예한 키츠 사이
안 보이게 있는 '너무'라는 말, 그것을 제거한
고전적인 키츠와 새로운 키츠 사이
죽어서 기억이
육화하는 장소,
외할머니한테 가겠다. 외갓집 없이 가겠다.
만약, 만약,은 오 레이디 레이디,
그런 느낌으로 가겠다.
몸의 기억이 액화하는 유령
성욕이 숭숭 뚫리겠지.
너무 오래 있으면 서 있는 것이 현수교와

버드나무 사이겠지. 곳이
아냐. 세월이 빠르다는, 전적으로
공간인
비유다.
피바람이 꽃비를 내리는 일본풍
애조(哀調)로 자신의 음악 만년을 꾸민
쇼팽, 그보다 더 브람스 심정이 이랬을 것.
생이 단순한 바로 그만큼 비극이
깊어 보인다는 거. 슬픔이 비유를 낳지 않고 비유,
특히 대소(大小)의 비유가 슬픔을 낳는다는 거.
얼마나 슬프면 처음부터 비유가
엉뚱했겠냐는 말이지.
말(馬) 그림자 파랗고 길다**고 말하는
마르시아스 앞에 아폴로가
낡을수록 광포한 계몽군주 스탈린의
제도다.

* 필자에게 만년필 세트를 선물한 팔레스티나 시인.
** 카탈루냐 시인 아구스티 바르트라(Agustí Bartra, 1908~82)의 시
  가운데.

사랑 노래에서 불가능한 사랑 노래까지

박수연

1

반복, 시간, 일상 사건이 최근 김정환 시의 주제이다. 반복은 시간의 연속을 통해서만 인지될 수 있고, 시간이 감각되려면 '이전'의 탄생과 '이후'의 소멸로 시간이 육체화되어야 하며, 탄생과 소멸이 어떤 존재의 지속으로 인식되어야 한다. 반복은 그 존재가 되풀이되어 등장하는 사건의 지속이다.

시간이 생명의 약동에 대한 관념이거나 개념이라는 점이 김정환의 최근 시가 드러내는 추상성의 이유일 것이다. 「서(序)」는 그 지속의 의미와 귀결을 제시해주는 적절한 사례이다.

내 안으로 계속 들어서는 나의 장면들 나를 벗고

장면을 벗고 '들'만 남는 깊이가 액체 투명보다 더
출렁이는 느낌.
이게 나라면 명징할 수밖에 없는 최후의 보루 혹은
무늬가 죽음일까
밑반찬일까, 생이 신(神)을 신이 죽음을 죽음이 다시
생을 거울 속 거리(距離) 없는 비유로 얼마나 닮아야
결과일 수 있을까.
검음에서 노랑의
자유.
성가신 신성, 절묘한 언밸런스도 벗기며
벗겨지는 시간.

──「서(序)」 전문

'나'는 계속 나로 이어지고 그래서 결국 그 나의 장면
'들'은 나를 벗는 또다른 나의 출현이 된다. 시인에게 그
것은 "'들'만 남는"다고 표현된 운동의 흔적으로 드러난
다. 나의 장면이 이어질 때 실제로 드러나는 것은 매번 모
습이 달라지는 경계 구획된 물질들의 현재이지만, 그 물질
적 현재를 연속적 의미의 사건들로 이어붙이는 시간의 흐
름이 구획된 경계를 허물어서 비가시적인 힘의 결과를 남
겨놓기 때문이다. 시인이 보는 것은 크로노스(Cronos)가
아니라 아이온(Aion)의 시간, 김정환의 '부정(定否) 반복'
어법을 빌리면 '구체적 현재의 시간'이 아니라 '텅 빈 형

식의 순수한 시간'이다. 그것은 시간이 아닌 시간이다. 이
와 함께, (나의) "장면을 벗고 '들'만 남는 깊이"가 있고,
장면 '들'의 연쇄가 남긴 흔적에는 실체 없이 텅 빈 공간만
이 있다. 연쇄되는 장면의 실물감은 사라지고 연쇄된 동작
의 그늘만 남기 때문일 것이다. 그 공간은 액체처럼 투명
하게 출렁일 뿐 감각 가능한 바닥이 없는 공간(spatium)
이다. 이 공간이 하는 원초적인 일이란 사물들의 연장으
로 표상되는 공간(extensio)을 받쳐주는 것이어서, 무수한
사물과 사건 들의 탄생과 소멸이 진행되는 에너지의 접힘
과 펼쳐짐이 그곳에서 가능하다. 구체적인 작품이 시정신
의 extensio라면 작품이 구현하는 시적인 것은 시정신의
spatium이다. 나타나고 사라지는 세계는 의미를 갖기 위
해 그 출현과 소멸을 하나의 줄로 연결시키는 표상이 필요
한데, "생이 신(神)을 신이 죽음을 죽음이 다시/생을" 닮는
관계가 그것일 터이다. 시인은 그 결과 "자유"를 발견한다.

시인에게 시를 쓰는 일이 언어로써 세상을 직관하는 것
이며 그와 함께 세상에서 자유로워지는 것이라면, 「서」는
직관을 통해 세상의 의미를 파악하는 법과 해방의 자유를
얻는 길을 제시한다고 여겨진다. 직관은 세상에 대한 사유
의 설명이 아닌 비약을 필요로 한다. 김정환의 최근 시편
들이 그 사유의 굴곡을 집중적으로 보여주는데, 시집 『소
리 책력』(민음사 2017)에서 전면적으로 드러나듯이 이 사유
는 구체적 사물과 분리된 언어기호의 형식으로, 요컨대 사

물에 의미를 부여하는 명제의 형식으로 제시된다. 이 명제가 사물 내부로부터 오는 것이 아니라 사물에 대해 주어지는 것이기 때문에, 독자들이 주로 경험하는 시적 사건은 시인의 관념이 더 순수하게 드러난다는 사실이다. 관념의 비약이라고 해도 될 것이다. 이 비약을 통해 의미 부여된 사물들로서의 세계가 "내 안으로 계속 들어서는 나의 장면들"처럼 반복된다. 이번 시집의 묘사 주제는 '반복의 운동으로 벗겨져서 순수한 물질로만 남는 존재들'인데, 이 주제에 유한한 생명의 죽음과 그 죽음에 결합된 시간이 동반되어 있다.

2

시집의 제목 '개인의 거울'은 세상 속에 있는 인간이 자신의 탄생과 소멸로 지속되는 시간의 흐름 한가운데에서 그 시간에 비친 사건과 사물 들이 되풀이되는 사건을 범주화한 비유로 읽힌다. 거울은 무엇이든 되풀이하지만 반대로 되비친다는 점에서 눈에 보이지 않는 힘의 작용을 시각화하는 것이다. 이 되풀이와 역상(逆像)이 하나의 사건이고, 사건의 시간은 찰나적이다. 찰나는 포착할 수 없을 만큼 짧은 순간을 의미하지만, 그 순간들의 단속성이 강조되는 의미도 갖고 있다. 대개의 시적 포착이 그렇게 탄생했다가 소멸된다는 점에서, 반복의 사건이 일어나는 찰나의 순간은 순간의 반복이라는 형식성을 두드러지게 내세우는 것일 수밖에 없다. 김정환의 최근 언어가 가진 한 특징이 여기에 놓여 있다. 그 언어와 함께 사건이 주체에게 감지되기 때문에, 모든 일상이 시간의 육체라는 점을 생각한다면, 반복과 시간과 사건이라는 세 주제는 서로 연결되어 있는 것이다.

가장 특징적인 것은 반복이다. 먼저, 형식에서 언어의 되풀이가 있다. 여기에서는 동일하거나 유사한 언어의 되풀이에 개입되는 시차가 도드라진다.

> 여러겹 의미심장이 여러겹으로 이상하다.
> 죽음이 발굴하는 거지 생 아닌
> 생의 죽음을.
> 역사 아닌 역사의 죽음을. 육체 아닌
> 육체의 죽음을. 언어가 끝없이 (네?) 몸 향해
> 기울고, 언어 아닌 언어의 죽음을.
> ──「인위적」 부분

"생 아닌/생" "역사 아닌 역사" "육체 아닌/육체" "언어 아닌 언어" 등의 표현은 각기 개별적인 단어를 되풀이하면서 전체적으로는 동일 형식의 구절을 반복하는 것이다. 동일 단어의 반복이 의미의 중첩을 통한 강조로 기능한다는 점에는 모두 동의할 수 있을 것이다. 이 강조는 의미를 조직하거나 장식하거나 연상시키는 일련의 언어작용의 효과를 뜻하는데, 여기에서 두드러지는 언어작용은 '아닌'이라는 부정 관형어의 작용을 받아 형성되는 의미 전복이다. 그러나 이 의미 전복은 의미 대립으로 나아가지 않는다는 점에서 여러 의미를 함축한다. 대립이라기보다 보충이라고 할 수 있는 언어작용의 방향이 있는 것이다. 이런 이유는 "생 아닌/생"이라고 시인이 쓸 때 앞의 생과 뒤의 생 사이에 놓인 시간의 개입에 의해 두개의 생이 연결선을 찾아내서이다. 생을 생이라 할 수 있는 공통요인 같은 것 말이다. "생 아닌/생의 죽음"이라고 해도 마찬가지이다. 시인은 '생 아닌 죽음'이라고 쓰지 않는다. 이렇게 해서 시간이 개입하고, 그 시간 개입에 의해 관형어 '아닌'의 이전과 이후를 차지하고 있던 단독자들이 서로를 보충하면서 연결된다. 생의 죽음은 '죽음 이후의 생'을 예감하게 하는 언어이지 죽음 이후의 캄캄한 절멸을 지시하는 것이 아니다. 죽음 이후의 삶이란, 미리 말하면 신생(新生)의 삶이다. 이 언어의미를 형성시키는 것이 시차(時差)이고, 그 결과 차이 나는 의미들이 만들어지고 이어진다.

이 반복 형식이 의미 부가로 귀결된다는 사실은, 반복되는 단어들이 개별적으로 재현하는 사건의 상태가 시간의 흐름 속에서 일관된 연결선으로 이어진다는 사실을 뜻한다. 언어가 재현하는 사물과 사건 들은 각기 현실적이고 단독적인 실현물이지만, 그것들이 시인의 특별한 언어 속에서 아이온의 시간을 거치면서 눈에 보이지 않는 세계를 불러오는 것이다. 이것이 김정환의 부정 반복의 언어형식, 즉 '~ 아닌 ~'이 지금 가진 의미이다.

단어의 반복만 있는 것이 아니다.

나보다 더
강력한 근육이다.
나보다 더
이유가 분명한 부리다.
나보다 더
목적이 뚜렷한 시선이다.
나보다 더
불길한 운명이다.
나보다 더
엄혹한 중력이다.
그래서 어디에나 있는
새.
나
몸무게 없다.
연민 없이는.
한 천년 전부터.

—「새」 전문

「새」는 반복의 또다른 형식을 보여준다. 단어의 반복이 아니라 구절의 반복이 그것인데, 이 형식은 시의 정조나 주제를 전체적으로 집중시키는 효과를 불러온다. 구조에 의해 발생하는 의미구성이 그것이다. 이때 구조적 반전이 야기된다. 「새」의 마지막 3행은 그 반전의 좋은 예이다. 구절을 반복시켜 의미의 구조적 집중이 이루어지고 이 능력을 통해 의미 전환이 발생하는 것이다. 오래전에 "연민 없이는" 무게를 갖지 않는 존재의 탄생이 그것이다. '새'는 세상에 대한 연민의 무게로 비상하는 존재이다.

다시 말해, 반복되는 언어들이 있고, 그 반복을 통해 중첩되면서 차이가 부가되는 의미들이 있다. 의미에 차이가 부가되는 이유는 단어들이 결합하여 의미로 변화되는 과정에 시간이 개입하기 때문이다. 가령 "생 아닌/생의 죽음"이라고 시인이 쓸 때, 독자들은 '생 아닌 생' 자체에 주목하거나 '생의 죽음'에 주목하거나 해야 한다. 이 반복으로 다른 것이 문득 펼쳐지는 상황, 그것이 지금 김정환 시의 특별한 문법의 하나이다. 이렇다는 점에서 그의 시는 반복으로 가리키는 지시 대상이 아니라 반복 자체를 전경화하는 언어이다. 그는 이미 그 반복 형식이 가진 기능을 분명히 인식하고 있다. 「보유 ── 카탈루냐 지도 재고(再考)」의 한 구절이 그렇다. 세계의 사물을 번역의 언어 하나하나와 등치시키고 있는 이 장시의 첫 구절은 "생의 번역"

인데, 번역의 의미역(意味役)이 반복이라는 뜻을 포함할 수 있음을 염두에 둘 때, 다음 구절이 의미심장하다. 이번 시집의 주제 전체를 포괄하고 있기 때문이다.

반복이 반복을 능가할 때까지 반복하는 거.
수천년 이어지는 출생과 죽음을 단 한번
생애로 집약하면서 말이지.
—「보유─카탈루냐 지도 재고(再考)」부분

생애는 단 한번이지만 단 한번의 생애는 수천년의 반복적 출생과 죽음으로 이어지고 있다는 말은 저 반복의 언어형식이 가진 특별한 의미를 환기한다. 단 한번의 생애는 단독의 실물감으로 충분하지만, 아마 '단 한번 아닌 단 한번의 전체'라고 쓸 수 있음직한 단독적 실물들의 연쇄가 수천년이라는 추상 시간 속에서 만들어지는 것이다. 그래서 이제는 반복의 내용론으로 나아가야 한다.

3

반복의 형식이 단독적 사물이나 사건 들을 연쇄시킨다는 말은 이 시집을 통해서만 가능한 것이 아니다. 『내 몸에 내려앉은 지명』(문학동네 2016)이나 『거푸집 연주』(창비

2013)는 제목에서부터 이번 시집 『개인의 거울』의 사전 제시처럼 여겨진다. '내 몸이 재현하는 이름'이거나 '거푸집 속에서 동일하게 주형되는 공간 형태'처럼 '거울은 이 세계를 저 세계로 복제하는 공간'이다. 때로는 지리멸렬하기도 하고 때로는 예상했던 세계를 한순간 배반하기도 하는 것이 사물 하나하나의 존재인데, 이름의 재현이든 거푸집의 공간 주형이든 되풀이하여 세계를 다시 당겨 오는 일은 그 사물들이 단순한 개별체가 아니라 시간의 흐름을 타면서 연쇄되고 집약되는 세계의 구성체임을 뜻한다. 이 연쇄와 집약이 규칙적 위계의 질서를 초월한다는 점도 중요하다. 이것은 크로노스가 아니라 아이온의 시간 속에서 가능한데, 하나의 사물이 사물인 것은 사물의 현실적 인과관계를 벗어날 때이기 때문이다. 김정환이 "은, 는, 이, 가, 을, 를 따위가 사라지면서 사물의/죽음이 더 공평해진다."(「보유」)라고 쓰고, 이 구절이 '죽음과 같은 부재'를 "더 투명하게 없는 사랑 노래의 시간이다./부재의 전집이 투명한 시간이다."(「부재의 전집」)라고 환언하는 구절과 만날 때, 죽음은 문득 '사랑의 시간'이 된다. 죽음의 부재는 존재가 투명하게 되는 사건인데, 이처럼 사물이 문장 속에서 격조사와 함께 지위를 획득하는 방식을 벗어날 때, 즉 주격이거나 목적격이라는 지위를 벗고 오직 사물 자체로 객관화될 때, 세계는 원인과 결과의 관계를 벗어나서 자유로운 평등 관계가 되는 것이다.

김정환의 생물학적 나이가 죽음에 대한 집요한 진술을
부르게 한다고 해도, 그의 시 속 죽음 인식은 이미 생물학
적 소멸의 차원을 넘어선 것으로 보인다. 어떤 비극이나
비애가 아니라 죽음은 모든 것을 부재로 만드는 자연에 지
나지 않는 것이며, "생명 자체의 파시즘"에 그 소중한 의
미가 가려져 있던 것이기 때문이다. 죽음을 자연의 행위
로 인식하는 일은 범박한 것이지만, 그 자연의 죽음을 반
복되는 시간의 흐름과 함께 사유하는 것은 특별한 일이다.
이것은 앞에서 언급한 두 권의 시집에서 드문드문 보이다
가 『소리 책력』에서 전면화되는 인식에 연결되는데, 시간
의 흐름을 타는 죽음을 죽음의 반복으로 인식하고 신생의
사랑으로 노래할 수 있도록 하는 것은 그 시간의 영원성을
알아채면서일 것이다.
　　이 시적 상태에 모종의 혼선이 야기된 삶이 겹쳐지는 것
은 그러므로 당연하다. 오히려 죽음을 대하는 시인의 심정
보다도 이 혼선의 현실 속에서 독자는 마음이 아플 것이다.

　　간밤에 비가 많이 왔네 아내는 그러고,
　　별로 오지 않았는데, 나는 그런다.
　　아내는 잠을 잤고 나는 밤을 새웠다. 이제 내가 잘
　　차례지만 한 몸인 우리는 그리 아득할 수가 없다.
　　　　　　　　　　　　　　　　—「백년 동안 새로운 노년」 부분

이 어지러움에 대해 시인은 묻고 흔들리고 인정한다. "그렇게/웃기는 일도 없지, 정말. 육체의 맑음과 흐림, 근육은/해체 너머로 흔들리고 그것을 우리가/성(聖)이라 불렀었다"(같은 시)라고 회고하는 시인이 몇년 전 아내를 호명하며,

> 여보. 우리가 당분간 유지할 것은 연민의 각도다.
> 산 자들의 번화가 아니면
> 비린내 질펀한 어촌 근해 집어등 야경이 우리 앞에
> 다시 출현할 때까지. 울음이 울음의 흔들림을
> 선이 선의 흩어짐을, 수습할 때까지. 아니면
> 할 수 없는 거다 여보. 그것은 우리 몫의 연민.
> ——「각도」(『내 몸에 내려앉은 지명』) 부분

이라고 했음을 기억하는 독자라면, 이 흔들림의 혼선이 불러오는 통증을 외면할 수 없는 것이다. 「각도」는 흔들림의 수습을 원하되 그 흔들림에 대한 불가피한 인정과 연민을 노래했다. 이때 연민은 동병상련의 감정이었다. 그런데 이번 시집에서 연민은 현실적 주체의 중심추로 작용하는 정서이다. "나/몸무게 없다./연민 없이는."(「새」)이라는 진술은 연민을 통해 현실적 실물감을 얻는 존재의 상태를 알려준다.

이런 태도 전환이 흔들림과 혼선에 대한 뒤집힌 인식을

불러올 것이다. 실제로 시인은 시의 종결부에서 혼선으로
부터 태어나는 어떤 새로움을 진술한다.

> 다음 세대인 아테나한테 뒤통수를 호되게
> 얻어맞았기에 제우스가 아직도
> 꼰대 아닌 거, 아냐?
>
> ──「백년 동안 새로운 노년」 부분

제우스가 그의 아버지 크로노스를 물리쳤다는 사실을
함께 생각할 때, 제우스는 위계의 시간 크로노스를 넘는
새로운 시간을 상징하는 존재이다. 제우스에 의해 크로노
스의 입으로부터 연대기적 출몰이 거꾸로 재탄생하는 것
은 저 오랜 과거와 미래가 시간 혼재의 연결선으로 한데
묶이고 있음을 가리킨다. 이 혼선의 시간이 세계의 영원한
흔들림을 가져오고, 그래서 흔들림은 그 자체로 새로움의
표지이다. 위계 없는 세계의 뒤섞임이라고도 할 수 있다.
그것을, 제우스가 크로노스를 물리쳐 세상의 폭력적 위계
를 전복시켰듯이, 격조사의 위계로부터 사물을 해방시키
는 뒤섞임으로 이해해도 된다면, 사물에 대한 미메시스와
도 같은 진술들도 이해할 수 있다.

사물이 전경화되는 방식은 그러나 압축적 비유의 객관
적 상관물과 같은 것을 넘어서 있다. 김정환의 최근 시에
서 그것은 사물 자체이다. 현실의 미메시스라고 할 수도

있다.

> 세상은 열심히 환전(換錢) 중.
> 죽음은 영혼을 코카콜라처럼 관통한 육체.
> 심심한 미술관. (더 심심하지, 돈만 많은 미술관은)
> Underberg. 43개국 약초 추출물을 섞어
> 파우스트 풍 한지로 미라 싸듯 싸고 녹색 상표로
> 아랫도리를 두른 알코올 겸 소화제 병이 있다.
> 박카스 병보다 날씬하고 더 세련된 중세다.
> ──「에피소드2」부분

위의 소화제 병을 진술한 행들에 이어 도서 *Reclams Opern-und Operettenführer*가 설명될 때, 시인의 의도는 실제로 에피소드를 나열하는 데 있다. 이것은 미메시스적 수사학이지 은유나 상징의 주제론적 수사학이 아니다. 에피소드가 사건의 지위라면 사물에 대해 진술하는 다음과 같은 시도 있다.

> 오,
> 사물의 '사' 빼고, 물질의 '질'을 뺀
> 물(物)이여 우선
> 내 안의 네가 나를 꽈악 붙들어다오. 네가
> 나에게 집착해다오, 내가 너에게 그러기 전에.

하프시코드, 쳄발로, 클라브생…… 저것들

뭐 하고 있는 거지 4백년 동안 징징대며?

—「물리」부분

　사물들은 물(物) 자체로 분명하지만, 그것들의 기능은
뒤섞여 있다. 시인은 그것을 "주객 없이 향하며 흩어지려
는 모든 것의/중심만 있는 합이다"(같은 시)라고 쓴다. 이
말은 의미를 알 수 없는 존재들의 결합이 사물들이라는 사
실을 알려준다. "저것들/뭐 하고 있는 거지 4백년 동안 징
징대며?"라고 규정되지 않은 존재들 앞에서 당혹스러워
하는 시인에게 세계는 아주 오랫동안 제 본질을 드러내지
않는다. 그러나 그 당혹스러움은 일종의 연기인데, 혼재되
어 있는 미지의 사물들, 혹은 「에피소드2」에서처럼 나열
되는 에피소드는 그 사물과 에피소드가 현실적 인과관계
의 논리적 의미로부터 자유롭다는 사실을 뜻할 것이기 때
문이다. 혼선과 혼들림이라는, 세계와 주체의 어떤 상태는
연민을 넘어선 적극적 정동으로 이번 시집에서 작용한다
고 할 수 있는 것이다.
　중요한 점은 혼선 또한 반복의 한 사례라는 사실이다.
반복이 된 혼선은 차이를 명확히 드러낸다. 차이가 없으면
혼선도 없기 때문이다. 그렇지만 '반복'을 통해 '차이'를
실현하면서 동일성을 환기한다는 사실도 중요하다. 가령
"이상하게 늙은 것은 늙은 게 이상한 것이/아니지. 필사

적으로 가난하게 늙는 것이다."(「와설」)와 같은 구절을 보자. 늙음과 이상함이 반복되지만, 앞과 뒤의 의미가 차이를 가지면서 그 늙음과 이상함은 어쩔 수 없이 기저 차원에서 통합 전제된다. 여기에는 '부정성'의 힘도 동시에 작용하는데, 역시 김정환의 이즈음의 언어구조가 보여주는 '~ 아니라 ~이다'와 같은 표현이 그것이다. '늙은 게 이상한 것이 아니라 필사적으로 가난하게 늙는 것'이라는 표현을, 두 세대의 존재가 통합되려면 각각 스스로를 부정하는 상태가 선행되어야 하듯이, 그의 많은 진술처럼 '부정을 통과한 서술'로 받아들일 때, 부정성의 힘을 죽음이라는 소재와 묶어 가장 적극적으로 주목한 <u>그로떼스끄</u> 리얼리즘에 기대어, 김정환의 일련의 언어와 이미지 들을 생성과 소멸, 긍정과 부정의 의미론으로 이해해볼 수 있다. 죽음이 사랑 노래이고, 신생이기 때문이다.

그렇다면 그의 시를 리얼리즘 작품이라고 칭할 수 있을까? 미메시스라고 말해볼 수는 있을 것이다. 사물의 미메시스란 그 사물을 있는 그대로 모방하면서 번역 불가능한 본질을 역시 사물 자체의 자율적 능력을 통해 드러내려는 언어 사용방식이다. 여기에는 그러므로 일정한 시간 개입이 필요하고, 마찬가지로 김정환의 언어가 가두리 없는 언어들의 흩어짐이라고 받아들여질 때 독자들은 그 언어의 시간 속 여정을 고려해야 한다.

언어가 세상을 그리지. 감열지에 말씀이 드러나는
방식. 번역이 다시 언어의 방식을 그린다. 그러나
번역의 방식은 번역보다 늘 한발짝 앞서가
있고, 간다. 시간보다 더 중요하고 시간보다 더
명료하게. 아아 나여, 나를 보는가. 개인의 거울을
보는가? 미래의 등식이 있다. 번역의 경지다.
　　　　　　　　　　　—「무상(無常)의 역정」 부분

　번역은 세상의 언어를 번역하면서 사물을 번역한다. 결
국 재현하려는 모든 언어가 번역의 언어이다. 번역이 "언
어의 방식을 그린다"고 시인이 쓸 때, 그는 그 언어가 드러
내는 사물과의 틈을 드러내는 중이다. 방식은 단순한 기술
이 아니라 나를 드러내는 기술일 것이므로 번역은 내가 시
간을 타면서 실현하는 '세계와 세계의 주체적 이월'이다.
사물과 사물의 상호 이월이라고 할 수도 있다. 이월은 당
연히 불가능성을 극복하려는 행동이자 운동이다. 극복의
방식이 번역의 언어인 셈이다. 루터의 성경 번역을 시인
자신의 번역 작업과 견주어보고 있음이 분명한 이 시의 제
목이 「무상의 역정」인 것은 시인이 그 번역의 불가능성을
인지하고 있다는 증거인 것일까? 그래도 번역이 중단될
수는 없음을 시인은 더 명확하게 표현한다. 그것은 단순한
번역이 아니라 세계를 넘어가는 방법론적 번역이라는 사
실이 중요하다. 이때 아이온의 시간을 통해 위계를 넘어선

사물의 통합이 이루어지고, 이것을 사물의 해방이자 세계
의 자유로 수용하면서 죽음과 육체의 사랑 노래로 바꿔 부
르는 김정환의 최근 시편들의 주제가 구체화된다. 언어방
식의 극단적 탐구가 그것이다. 세계의 불가능을 언어의 방
식으로 드러낸다고도 할 수 있는 그것을 늙음과 젊음의 시
간적 교차로 바꿔 부를 줄 아는 시인이 「현대식 교량」을
쓴 김수영만이 아님을 독자들은 이 시집에서 보게 된다.

4

　순수언어의 불가능성과 연결된다는 점을 고려하여, 김
정환의 시에서 더 깊이 들여다보아야 할 것은 '번역'이다.
이것은 언어의 문제이기 때문에 여기에 집중하여 번역과
언어를 다루는 몇편의 시를 살펴볼 수도 있을 것이다. 「생
의 번역」「출애굽 창세기」「무상의 역정」「문법의 의상」등
이 그렇고 언어-문장의 시간을 삶과 죽음의 통합적 구조
와 동일화하는 「과거와 현재」도 그렇다. 동일 주제를 여러
시편들에서 묘사하는 것도 일종의 변형된 반복이라고 할
수 있는데, 이번 시집은 특히 시간의 의미를 강하게 부각
시키는 시편들로 채워져 있다. 죽음을 의식하는 모든 언어
가 그럴 수밖에 없을 것이다. 과거와 현재를 통합하는 영
원성으로서의 아이온의 시간이 이렇게 전면화된다.

무언가를 남긴다는 게 정확히 다 까먹지 않고
남은 것을 준다는, 겨우 그 뜻이었다는 거. 정말
놀랍게도 동년배의 전설이 아니었다는 거.
이상하게 늙은 것은 늙은 게 이상한 것이
아니. 필사적으로 가난하게 늙는 것이다. 그런 채로
흑백의 거인,
스탈린 장례식을 치러야 한다.
부고 없이, 묻어나는 그릇과 바늘의 시간으로.
청년들 목이 더 쉬기 전에, 과거로 가는 것이
미래로 가는 것인 비단실 마지막 한올이
끊어지기 전에. 새벽이 느리게, 더 느리게, 흐리게 더
흐리게 오는 것이 감동적일 때까지.

　　　　　　　　　　　　　　　　—「와설(臥雪)」 부분

　이상함과 늙음의 되풀이는 차이를 확인하는 반복이다.
앞에서 설명했듯이, 김정환은 이 차이의 반복에 시간을 개
입시킨다. 가령 '늙은 게 이상한 것이 아닌 필사적 늙음'이
라는 말은 그 '이상한 것이 아님'과 '노년'의 동시성을 실
현하지만, '늙은 게 이상한 것이 아니라, 필사적으로 가난
하게 늙은 것'이라는 말은 '이상한 것이 아님' 이후의 '노
년'을 시간 차이로 보여준다. 「와설」이 말하는 것은 그 삶
의 숨겨진 감동이다. 모든 것이 낱낱으로 해방되되 결합

하여 하나로 의미화되는 감동은 시간 속에서 온다. 역사
도 그럴 것이다. 시간은 반복되는 삶의 운동이지만, 그렇
게 흘러가면서 과거와 함께 미래로 간다. 이것은 이 시의
전언일 뿐 아니라, 시집 전체에서 반복하여 진술되는 주장
이다. 그런 점에서 이 시집은 시인의 번역 방식을 반복하
는 시작법의 심미화이기도 하다. 바흐찐의 그로떼스끄 리
얼리즘을 원용해서 본다면,「와설」은 '삶의 상승과 하강을
긍정성과 부정성, 그리고 청년과 노년으로 되풀이하여 천
천히 제시하는 시'이다. 그래서 육체의 혼돈은 죽음과 노
년과 젊음이 혼재되어 있는 삶의 긍정에 다름 아니다.

　김수영이「현대식 교량」에서 보여주기도 했던 이 대대
적인 시간 긍정을 원숙해진 시인의 언어적 화엄(華嚴)으로
받아들이는 것, 그 화엄의 사물들이 각각 스스로의 방식으
로 다른 사물들을 번역하면서 살아가는 세상 속의 흔들림
을 인정하는 것, 그것이 이번 시집을 읽는 한 방식일 것이
다. 이것은 전적으로 독자들의 몫인데, 시인의 언어방식이
홀로 있고 독자들의 방식도 그럴 것이며, 각기 위계화된
현실의 시간에서 해방되어 단독자가 된 후 자유롭게 언어
속에서 결합되기를, "사랑 노래에서 없는 사랑 노래까지"
"더 투명하게 없는 사랑 노래의 시간"(「부재의 전집」)을 기
다리며 시인이 노래하고 있기 때문이다.

朴秀淵 | 문학평론가

『내 몸에 내려 앉은 지명』이후 여기저기 발표한 작품들을 주로 모았다. 1980년『창작과비평』으로 데뷔했으니 거의 꽉찬 40년 세월이 흘렀다. 대대(代代) 창비 식구들 혹은 역대(歷代) 창비라는 식구, 고맙다.

2018년 7월

김정환